LA NUIT DES JUGES

Frédéric Lenormand est l'auteur de nombreux romans et essais historiques et de pièces jouées sur scène et à la radio. Il a reçu le prix François Mauriac de l'Académie française en 1999 pour *Les Princesses vagabondes* (Lattès), le prix Thyde Monnier de la Société des gens de lettres, le prix du jeune romancier de la Fondation Hachette, ainsi que la bourse Del Duca du premier roman.

Frédéric Lenormand

LA NUIT DES JUGES

Les Nouvelles enquêtes du Juge Ti, vol. 2

ROMAN

Fayard

TEXTE INTÉGRAL

ISBN 2-7578-0049-3
(ISBN 2-213-62010-5, 1re publication)

Dans la Chine impériale, chaque préfet avait sous ses ordres une vingtaine de districts gouvernés par autant de juges nommés pour trois ans. Le juge était chargé de toutes les questions administratives d'une cité : police, justice, cadastre, état civil, trésor public, voirie, etc. Tout citoyen de l'Empire, riche ou pauvre, pouvait en principe accéder à ces fonctions, à condition d'être reçu aux difficiles examens littéraires.
L'action se déroule en l'an 664 de notre ère. Le juge Ti est alors âgé de trente-quatre ans.

Les sept juges

Ti Jen-tsie, magistrat de Peng-lai.
Lo Kouan-chong, poète et esthète.
Dao-Li Song, membre d'une famille d'ancienne noblesse.
Tan Jinxuan, jeune ambitieux.
Shang Ouchang, expert en littérature classique.
Kien Fang-te, gendre du préfet.
Mei Haodi, doyen de la préfecture.

I

Le juge Ti reçoit une convocation mystérieuse ; il a un aperçu du paradis.

Cette première affectation en tant que magistrat provincial sur la côte nord-est du Chang-tong était une inépuisable source de déceptions. À trente-quatre ans, le juge Ti avait l'impression d'avoir achevé sa carrière. Dès son arrivée, l'an passé, il avait résolu le cas intéressant d'un trafic d'or, à présent complètement démantelé. Mais, depuis lors, cette bonne ville de Peng-lai s'était laissé gagner par la torpeur, et les talents du magistrat se racornissaient à force de n'être pas sollicités. Une ou deux affaires un peu distrayantes, par exemple l'assassinat de son prédécesseur, lui avaient permis de ne pas périr d'accablement entre les mille tâches fastidieuses dont on l'accablait. Mais plus rien d'amusant ne s'était produit depuis des mois.

Chaque semaine, chaque jour, chaque heure lui confirmait qu'il avait fait le tour des maigres possibilités offertes par Peng-lai l'ennuyeuse. La garnison veillait efficacement sur la sécurité, et la commission militaire siégeant au fort, à l'embouchure du fleuve, lui soustrayait le règlement du moindre délit, de la moindre rixe. On ne lui donnait plus à traiter que les affaires courantes, comme un cheval qui n'aurait jamais droit qu'à des ballots de paille grossière au lieu d'herbe fraîche. Pour comble de malheur, les criminels qui couraient toujours se méfiaient de lui comme d'un sorcier maléfique. Il avait acquis parmi eux une mauvaise réputation, certes profitable à l'ordre public et au *vulgum pecus*, mais tout à fait néfaste à son humeur. C'était à croire que les malfaiteurs machiavéliques et sans scrupules comme il les aimait se retenaient de mal agir. Le juge Ti ne se sentait plus de lassitude, à tel point que, de plus en plus volontiers, il songeait au suicide ou, à défaut, à prendre un petit congé qui lui permettrait d'oublier quelque temps cette ville boueuse, triste et banale à périr. Que n'avait-il les mêmes ressources que ses trois épouses, capables de meubler leurs loisirs d'un tissu à choisir chez le marchand, d'une visite chez une amie ou d'une chambre à décorer ! Son emploi précédent parmi les vieux papiers des archives impériales n'était guère plus enthousiasmant, mais du moins habitait-il la capitale, où l'on n'était jamais en mal de distractions. Et puis la jeunesse trouvait sans cesse le moyen de se désennuyer ; au contraire, sa maturité exigeait qu'on lui livrât du grain à moudre. Ses jours étaient comme ces vagues qui venaient se briser sur la jetée du port de Peng-lai : identiques, dotés d'une apparence de mouvement, mais en réalité immobiles et promis à une rapide disparition qui ne laisserait rien d'eux.

Assis devant la fenêtre de sa bibliothèque, où il sirotait une tasse de thé en regardant d'un œil morne tomber la pluie, le juge en était là de ses réflexions quand on frappa à la porte. Le sergent Kong entra, tenant à la main un plateau laqué où reposait un rouleau de parchemin.

– Un messager militaire vient de déposer ceci pour Votre Excellence, dit-il en s'inclinant légèrement.

Le juge Ti saisit le rouleau, qui était cacheté du large sceau vermillon de la préfecture. Il s'agissait donc d'une communication officielle. « Hourrah, pensa-t-il, il existe donc toujours un Empire du Milieu derrière ce rideau de pluie, et l'on s'y souvient de ma pitoyable existence. »

Il brisa le sceau et déroula le parchemin :

« Son Excellence le préfet de Pien-fou, fonctionnaire de premier rang, ordonne à son subordonné Ti Jen-tsie, magistrat de Peng-lai, de se rendre immédiatement au yamen de la préfecture pour y assister à une importante réunion. Son escorte sera circonscrite dans les limites de l'indispensable. La durée de son déplacement est estimée à sept jours. » Suivait la signature personnelle du préfet, un homme qui ne s'embarrassait guère de formules de politesse.

Le destinataire de cette lettre comminatoire était partagé entre surprise et curiosité : quel pouvait être le motif de la réunion ? Le cas devait être grave pour que son supérieur ne prenne pas le risque de l'exposer dans sa convocation. Il était vrai, cependant, que l'omniprésente administration de l'empire Tang cultivait le mystère comme un art majeur, même sur des sujets d'une lamentable banalité. C'était tout juste si la capitale n'employait pas un langage codé pour indiquer à son employé les nouvelles directives en matière de passeports. Il y avait dans ces pratiques un acharnement désuet à soupçonner un espionnage permanent de la part de l'étranger, des sociétés secrètes, des personnes mal intentionnées ou même du citoyen lambda. La plus infime information revêtait un caractère confidentiel, surtout dans ces ports exposés à l'indélicatesse des barbares d'outre-mer. Tout message bénéficiait de la même vigilance, tout fonctionnaire était considéré comme un membre du contre-espionnage en puissance. Autant dire que la méfiance du pouvoir envers l'honnêteté ou la discrétion de ses serviteurs franchissait parfois les bornes de l'injurieux.

Il n'en restait pas moins que cette convocation fournissait à Ti une miraculeuse opportunité de délassement face à une routine provinciale de plus en plus pesante. Sans doute voulait-on le consulter sur quelque affaire délicate exigeant de puissantes facultés d'analyse ; la renommée des siennes commençait à dépasser les frontières de son district. Enfin il allait à nouveau exister : on se souvenait de lui en haut lieu ! C'était réconfortant.

Le territoire placé sous sa responsabilité faisait face à la péninsule coréenne, récemment soumise par l'Empereur au prix d'impressionnants mouvements de troupes. Déjà les vassaux de ce pays relevaient la tête. Or Peng-lai possédait un quartier réservé aux Coréens, pour la plupart des marchands faisant commerce avec la Chine intérieure par le biais du fleuve dont la ville occupait l'embouchure. Le thème le plus probable du colloque était la défense côtière, c'est-à-dire la surveillance de la communauté étrangère. Dans le pire des cas, il allait devoir subir le pensum d'un ou deux hiérarques de la capitale, plus ambitieux que compétents, venus éclairer les provinciaux de leur savoir livresque sur la façon de résorber l'agitation dans les ports frontaliers. Cela lui ferait une belle jambe.

Pien-fou avait cependant la réputation d'être une jolie cité ; cette petite villégiature, même assortie du pensum, constituerait un agréable dérivatif à la morosité ambiante.

Puisque l'ordre exigeait un départ imminent, il convenait de ne pas faire attendre le préfet. Le juge Ti se rendit à l'appartement de ses femmes, où il annonça à ses trois épouses, avec une bonne humeur un peu trop éclatante, qu'il allait à son grand regret devoir s'absenter quelques jours. Madame Première prit acte de cette obligation professionnelle, mais ne l'en soupçonna pas moins de s'en réjouir. Le fuyard adopta aussitôt la mine harassée du fonctionnaire corvéable à merci, bien qu'une lueur pétillante au fond de ses yeux le trahît indubitablement.

Le message évoquant une « escorte réduite à l'indispensable », le juge Ti résolut de partir comme pour des vacances incognito, accompagné d'un seul homme de main, ce qui le dispenserait de supporter une étiquette cérémonieuse. Il choisit Miao Daï. Cet ancien capitaine avait fait la campagne de 661 contre les forces coréennes et japonaises coalisées : il pourrait lui être de bon conseil si l'hypothèse d'une conférence sur la Corée se confirmait. Ti fit préparer deux chevaux sur lesquels les valets accrochèrent leur barda. Ils montèrent en selle et quittèrent sans plus attendre le yamen pour suivre la longue avenue marchande menant à la porte sud. Une fois qu'on leur eut ouvert les lourds battants de bronze, ils franchirent les murailles basses qui cernaient la cité et se mêlèrent à l'encombrement des chariots bâchés qui se dirigeaient vers la préfecture. Le cœur du juge Ti ne put se défendre d'une pointe d'allégresse lorsqu'il se retourna, dans le premier virage, pour voir sa ville disparaître derrière les arbres.

Ils ne chevauchèrent que deux jours pour atteindre le but de leur voyage. La route leur offrit une vision complète de Pien-fou, ville édifiée au pied d'une montagne d'où tombait une cascade impressionnante. Divers chemins de promenade couraient à flanc de coteau, entre de gros rochers en surplomb et des arbres épineux penchés par l'inclinaison du sol. L'ensemble formait une image tout à fait dans le goût de la peinture classique.

Ils se présentèrent au poste de garde adossé aux fortifications et demandèrent le chemin du yamen. Le sceau impérial qu'arbora le juge Ti le dispensait de toute autre formalité. Après y avoir jeté un bref coup d'œil, le capitaine s'inclina et leur indiqua le chemin entre divers salamalecs.

Conformément à sa réputation, Pien-fou leur apparut dès l'abord comme une très agréable cité. Les grosses agglomérations chinoises étaient en général tirées au cordeau, bâties à angles droits, assez tristes parce que les boutiques ouvraient sur l'intérieur des pâtés de maisons plutôt que sur les grandes artères. Toute différente était la station balnéaire où venait de pénétrer le juge Ti, conçue pour l'agrément des riches visiteurs qui y possédaient une résidence de plaisance.

Loin des rues boueuses auxquelles tout voyageur était accoutumé, celles de Pien-fou avaient été systématiquement pavées, ce qui facilitait beaucoup la circulation et donnait à l'ensemble un air d'extrême opulence. En effet, l'ordre et la propreté étaient précisément le fonds de commerce de la localité. Elle était connue pour ses sources chaudes, que les médecins recommandaient dans le traitement des affections les plus diverses, depuis les ongles incarnés jusqu'à l'épilepsie. Elle comptait nombre d'établissements de bains plus cossus les uns que les autres. Ses façades coquettes arboraient des enseignes aux couleurs éclatantes, où le nom de chaque auberge était en lui-même un argument commercial : « Le prodige de la santé », « L'éternel bien-être », « Les bains de Jouvence », et autres promesses du même acabit qui faisaient beaucoup d'honneur à ces baignoires d'eau minérale.

Les clients étaient des curistes fortunés, peu regardants à la dépense. La ville renfermait presque autant de temples, où il était loisible de déposer des offrandes afin de solliciter une guérison ou de remercier telle ou telle divinité pour une santé recouvrée. C'était un monde à part, ignorant des vicissitudes habituelles au reste de l'Empire. Les citadins étaient assez riches pour s'offrir un service d'ordre particulièrement efficace. Tout était calme et net jusqu'à l'écœurement. On prétendait même que certains membres de la Cour, voire de la famille impériale, venaient ici incognito prendre les eaux et jouir d'une atmosphère unique.

L'État versait son écot à cette réussite en y entretenant une force militaire aussi importante que discrète. C'était, en un mot, l'endroit rêvé pour un magistrat qui aurait voulu ne connaître que les bons côtés de la vie de fonctionnaire. De plus, la présence du préfet le déchargeait d'une grande partie des tâches administratives. Comme il ne s'y commettait guère de délits, il ne restait qu'à s'occuper de l'impôt, une fois par an – une manne –, et à courtiser les influents impotents de passage le reste de l'année, ce qui consistait à animer des conversations mondaines superficielles mais susceptibles de faire discrètement progresser sa carrière. Le juge Ti se dit qu'à long terme l'endroit lui semblerait plus ennuyeux encore que son cloaque de Peng-lai, quoique dans un autre genre.

L'affluence aux terrasses fleuries des ravissantes auberges attirait l'œil de son adjoint. Miao Daï ressentait si visiblement l'appel d'une coupe de vin local que son patron pouvait presque entendre sa glotte desséchée s'humecter par avance.

– Noble juge... commença l'ancien soldat.

– C'est d'accord, le coupa le juge. Nous allons faire une pause avant de nous rendre au yamen. Je ne serai pas mécontent non plus de me reposer un peu avant d'affronter le majordome du tribunal. Cette route nous a fatigués, notre installation peut bien attendre une heure de plus.

Ils étaient en train de choisir une terrasse pas trop populeuse quand des appels se firent entendre.

– Ti ! cria quelqu'un. Ah, ça alors ! Quelle bonne surprise !

Non loin d'eux, un petit rondouillard à la moustache effilée et à la courte barbiche, attablé devant plusieurs cruches et quelques plats à moitié vides, leur faisait de grands signes amicaux. Le juge Ti reconnut l'un de ses collègues, le magistrat Lo Kouan-chong, qu'il avait fréquenté à la capitale, plus souvent dans des cercles littéraires avinés qu'au bureau, où le cher homme avait pour habitude de se rendre le moins possible.

– Venez donc vous asseoir ! lança Lo. Le bon vin ne s'apprécie vraiment qu'en aimable compagnie !

Le juge Ti constata que son collègue pratiquait consciencieusement ses activités favorites : boire et écrire à l'ombre d'une tonnelle. Il remarqua un groupe de serviteurs qui attendaient à deux pas de là, assis sur un banc, avec chevaux et bagages. Les deux hommes mirent pied à terre et allèrent saluer le poète.

– L'inspiration m'a pris au moment où je passais

devant cette magnifique terrasse, expliqua le juge Lo. Il ne faut jamais la dédaigner, elle pourrait se vexer et ne pas revenir avant quelque temps !

Ti lui demanda quel heureux hasard lui valait cette agréable rencontre. Lo répondit que le préfet l'avait convoqué pour une réunion probablement fort ennuyeuse sur un sujet resté secret. La déception s'empara aussitôt de l'enquêteur : on ne l'avait donc pas fait venir pour une affaire sérieuse, puisque son collègue, plus rêveur qu'efficace, avait lui aussi été mandé !

– Je suis bien content de vous voir, dit ce dernier. Je prévoyais une conférence stupide et sans intérêt, mais grâce à votre présence le séjour s'annonce sous des auspices beaucoup plus riants !

Ti lui renvoya le compliment, bien qu'il se fît la réflexion strictement inverse. La possibilité de voir cette villégiature se pimenter de quelque curieuse énigme à résoudre s'éloignait à tire-d'aile. Il fut tenté de se laisser sombrer lui aussi dans l'alcool, bien que sans espoir d'en sortir aucun poème, et tendit sa coupe à Miao Daï, qui la remplit d'une substance capiteuse.

Les deux collègues échangèrent les politesses d'usage sur la santé de leurs épouses respectives – ce qui prenait toujours un certain temps dans le cas de Lo, car, si le juge Ti s'était contenté en toute sagesse de trois femmes légitimes, son collègue entretenait, en plus de ses cinq moitiés officielles, tout un lot de concubines, véritable harem d'un goût aussi excessif que sa passion pour les libations et autres plaisirs raffinés.

– Savez-vous que nous ne sommes pas les seuls à avoir fait le déplacement ? reprit Lo d'une voix guillerette qui trahissait l'absorption de nombreuses coupes.

« Mais depuis combien de temps est-il attablé là ? », se demanda le juge Ti. Les serviteurs avaient l'air repus, sans doute avaient-ils eu tout loisir de prendre un repas complet tandis que leur maître s'adonnait à ce qu'il appelait « la composition poétique en situation ».

– Ah bon ? répondit-il en comptant du coin de l'œil les cruches vides.

– Pendant que j'écrivais, j'ai vu passer cette vieille bique de juge Mei, par bonheur j'ai pu me cacher derrière mon cahier de composition. Mais si, voyons ! Ce triste individu perdu de réputation : il est si radin qu'il accepte, paraît-il, les petits cadeaux de ses administrés, malgré l'interdiction formelle de ce genre de pratique. Comment un magistrat peut-il se laisser aller à ternir ainsi sa renommée, au risque de nuire à notre corps tout entier ? Cela m'échappe ! conclut-il en remplissant d'un geste mal assuré une énième coupe de vin.

« De mieux en mieux, songea le juge Ti. D'abord le fainéant alcoolique, et maintenant notre collègue le plus déplaisant, toutes générations confondues. »

– Et ce n'est pas tout ! reprit Lo. Kien Fang-te l'a suivi de peu. On aurait dit une course montée pour magistrats.

– Kien Fang-te ? répéta le juge Ti en faisant un effort de mémoire. Je ne vois pas.

– Allez ! s'exclama Lo, davantage versé que son ami dans les relations sociales. Tout le monde le connaît ! Il occupe un poste dans un district agricole voisin. Qui n'a pas entendu parler de lui ? Faut-il que vous fréquentiez peu les soirées mondaines, frère-né-avant-moi ! Ce Kien occupe toutes les conversations, tant par son physique avantageux que par ses frasques amoureuses. Il a épousé une fille du préfet d'ici, ce qui l'a bien aidé à obtenir un poste malgré son classement assez médiocre dans les concours littéraires. Il n'a jamais pris d'épouse secondaire, pour bien montrer à son beau-père qu'il professe un respect scrupuleux envers ce dépôt sacré qu'on lui a fait l'honneur de lui confier. Mais il faudrait que le préfet soit sourd pour ignorer les innombrables affaires de mœurs où ce fieffé bellâtre s'est trouvé impliqué ! En voilà encore un qui met à mal notre corporation !

Le nom de Kien Fang-te commençait à ressurgir de la mémoire de Ti avec un désagréable parfum de commérages du genre auquel il ne prêtait guère attention. Il se souvenait à présent avoir entendu évoquer ce personnage dans le gynécée de sa demeure. Ses épouses étaient beaucoup plus au courant que lui de ces sortes de choses. La réputation de séducteur du magistrat avait transpiré d'un district à l'autre. Les dames trouvaient un charme sulfureux à ses aventures scabreuses. Nul doute que seule la protection du préfet et ses puissants appuis avaient pu éviter au récidiviste de l'adultère mondain une sanction hiérarchique que d'aucuns devaient avoir bien envie de lui infliger.

– Ma foi, dit le juge Ti, c'est à une réunion de pécheurs invétérés qu'on nous a conviés ici !

– Certes ! approuva Lo entre deux goulées. Je ne vois que vous et moi qui sortions sans tache de ce triste lot.

Le juge Ti laissa échapper un soupir. S'apercevant soudain que l'expression de son visage pouvait trahir son sentiment sur cette question, il se leva pour faire diversion et estima qu'il était temps de se remettre en route pour le yamen.

Lo tenta à son tour de se décoller de sa chaise, mais celle-ci semblait vissée à son postérieur. Ti adressa un petit signe aux serviteurs. Ces derniers, qui avaient certainement l'habitude, se hâtaient déjà vers leur maître. Il fallut le soutenir sous les aisselles pour l'emmener jusqu'à sa monture, sur laquelle il grimpa avec les plus grandes difficultés.

– Vous ne voyagez pas en litière ? s'étonna le juge Ti, songeant qu'un mode de transport horizontal était plus compatible avec les petites haltes gastronomiques du voyageur.

Le juge Lo eut une moue dépitée à l'évocation des vicissitudes matérielles de sa pénible existence.

– Hélas ! geignit-il. J'ai de gros frais, savez-vous. Ma petite famille me coûte bien cher. J'ai dû faire des choix... assez douloureux, conclut-il en se massant le bas des reins.

Certes, on ne pouvait guère entretenir une dizaine de femmes, leurs servantes, leurs enfants, multiplier les fêtes, passer la plupart de son temps à ne rien faire de sérieux, et préserver tous les aspects du confort quotidien.

Ils n'avaient pas atteint le bout de la rue qu'un remue-ménage les fit se retourner : derrière eux, un somptueux équipage fendait la foule des curieux attirés par son éclat. Plusieurs crieurs et porte-étendards précédaient une litière rapide et confortable à douze porteurs. Deux cavaliers en armure cuivrée ouvraient la marche, deux autres la fermaient. L'ensemble n'était pas conçu pour passer inaperçu. « Place ! répétaient les valets en livrée jaune et bleue tout en frappant leurs gongs. Faites place au fonctionnaire impérial ! » Les banderoles brodées d'or proclamaient en gros caractères : « Son Excellence l'éminent juge Dao-Li Song, premier magistrat de Hai-po, en déplacement officiel. » En vérité la simple mention de son tribunal d'origine aurait suffi pour toute information. « Faites place à Son Excellence ! », intimaient bruyamment les crieurs, comme si l'Empereur en personne avait honoré la cité de sa visite. La présence de douze poxteurs au lieu des huit habituels n'était pas inutile : il fallait non seulement soutenir « l'éminent juge Dao-Li », probablement affalé sur des coussins de soie derrière ses rideaux d'épais taffetas, mais surtout les innombrables chichis qui ornaient le palanquin et dont l'ensemble se trouvait alourdi : sculptures, dorures, blasons et panaches de plumes aux couleurs du clan auquel appartenait le magistrat.

Le juge Ti et ses compagnons n'eurent d'autre choix que de s'écarter au plus vite devant la litière, qui fonçait sur eux avec une détermination que rien n'aurait su freiner.

– Dao-Li ? lut le juge Ti. Qu'est-ce que c'est encore que celui-là ?

– Comment ! s'insurgea Lo. Vous ne connaissez pas le fils du comte de Pou ? En voilà un au moins qui n'a pas de problèmes financiers ! Il est d'une ancienne et éminente famille dont les revenus lui permettent de traîner avec lui cet aréopage destiné à indiquer son rang – son rang de noble héréditaire, bien sûr. Il n'a que mépris pour ses fonctions et les nôtres, comme vous vous en apercevrez assez tôt.

Une fois que le convoi les eut dépassés, ils cheminèrent en silence jusqu'au yamen. Lo ressassait sur les inégalités de la naissance des pensées que l'alcool ni la poésie ne parvenaient à adoucir. Ti fronçait le sourcil à l'idée que la moitié des juges locaux avaient été conviés à cette conférence secrète, et qu'il avait lui-même été cruellement abusé quant au cas que l'on comptait faire de ses talents personnels.

II

Le juge Ti découvre un étonnant yamen ; il assiste à un banquet en vert.

Ti et Lo pénétraient dans la cour du yamen lorsqu'ils aperçurent leur hôte, le jeune magistrat local, qui accueillait Dao-Li Song au pied de sa litière empanachée.

– Ah ! Cher frère-né-avant-moi ! s'exclama leur hôte. Enfin un homme qui soutient avec faste le lustre mérité de notre corporation ! Voilà qui fait plaisir à voir !

Après s'être inclinés l'un devant l'autre, les deux hommes disparurent bras dessus bras dessous à l'intérieur du bâtiment, suivis par un long cordon de serviteurs chargés de coffres en cuir et de boîtes en bois laqué.

– Il ne nous a pas vus, remarqua le juge Ti tandis qu'un soldat prenait les rênes de sa monture.

– Quand paraît le phénix, les autres oiseaux se confondent avec les pierres, commenta Lo sur le mode imagé dont il était coutumier.

Ses propres serviteurs l'aidèrent à descendre de cheval sans se rompre les os. Les palefreniers étaient en train de dételer d'autres animaux qui devaient appartenir à leurs confrères.

Un homme grisonnant, vêtu de la livrée du tribunal, se précipita vers eux. Ils supposèrent que c'était pour les recevoir, quoiqu'il eût plutôt la mine d'un homme décidé à chasser deux vagabonds entrés dans une zone interdite à la faveur d'une défaillance des forces de sécurité.

– Veuillez pardonner l'absence de mon maître, nobles juges, dit le majordome d'un air pincé. Il est accaparé par la réception d'un hôte de marque.

Les deux nouveaux venus échangèrent un regard entendu. Le ton était donné. N'était-ce que maladresse involontaire dans la formulation du majordome, ou devaient-ils s'exclure définitivement du rang des « hôtes de marque » auxquels il était fait allusion ?

– Voilà l'effet de quelques plumes au sommet d'une litière prétentieuse, souffla Lo à l'oreille de son aîné en même temps qu'une lourde haleine empestant le petit vin local, tandis que l'aimable serviteur les conduisait vers leurs appartements.

Ti s'étonna que le palais du tribunal pût fournir à tant de monde le confort que des « hôtes de marque » étaient en droit d'attendre. Il espérait en fait qu'on n'avait pas prévu de les parquer dans les combles pour permettre à certains collègues mieux en cour de s'installer à leur aise.

– Grâce au ciel, cette affluence ne pose aucun problème, assura le majordome. Notre maison est assez vaste.

Un yamen abritait traditionnellement tout ce qui était nécessaire à l'ordre public de la bourgade : le tribunal, la prison, les administrations policière, municipale et fiscale, et les appartements privés du magistrat, qui faisait donc office de juge, de commissaire de police, de percepteur et de représentant de l'État. Les deux juges s'aperçurent bien vite que le yamen de Pien-fou ne tenait ni de la prison, ni du tribunal, ni d'aucun de ces organes publics toujours un peu tristes et poussiéreux. Son atmosphère était celle d'une hôtellerie chic, totalement dépourvue de l'austérité étriquée à laquelle ils étaient habitués. C'était moins le centre administratif de la cité que l'un de ses châteaux les mieux agencés. Ils traversèrent plusieurs cours fleuries, quelques salles décorées de brocarts, et des enfilades de corridors joliment meublés.

– Je veux travailler ici ! ne put s'empêcher de glapir Lo Kouan-chong devant une fenêtre par laquelle on entendait chanter les oiseaux dans les arbustes en fleurs. Dussé-je signer un pacte avec les mille démons infernaux du Tao ! Ah, Ti ! Pourquoi certains ont-ils toutes les chances ?

Le majordome les installa dans une aile dont les pièces donnaient sur un adorable jardin de mousses et de rocailles. Il s'excusa de ne pouvoir leur offrir de meilleurs logements. En réalité, les chambres étaient vastes et luxueuses. Lo se sentit de plus en plus déprimé.

Les deux hommes conversaient sur le palier de leurs appartements lorsqu'une porte s'ouvrit. Un homme osseux et de taille un peu plus haute que la moyenne, dont l'aspect gardait néanmoins quelque chose de vaguement juvénile, vêtu avec la simplicité d'un secrétaire de second rang, les dévisagea en plissant les yeux comme le font les myopes.

– C'est vous, Lo ? demanda-t-il. Il me semblait bien reconnaître cette voix passionnée. Je n'aurais pardonné à personne d'autre de perturber l'étude dans laquelle j'étais plongé.

Après s'être incliné, Lo présenta les deux hommes :

– Mon cher Ti Jen-tsie, voici notre collègue Shang

Ouchang, le plus fort en thème qu'il m'ait été donné de fréquenter. Le méprisable idiot que je suis s'est classé loin derrière le génie qui se tient devant vous. Sa mémoire est profonde et solide comme une carrière de marbre.

– Notre ami Lo me flatte beaucoup, répondit Shang. Les anciens n'ont-ils pas écrit : « Plus le rameau est débile, plus ses fruits paraissent gros » ? Mais vous connaissez sans doute la citation. Yang Zhemou, chapitre XXV dans l'édition officielle. Il existe une variante intéressante dans une parution antérieure, mais je crois que l'on peut censément réfuter le...

Le juge Ti décrocha à la troisième variante estampillée par les meilleures écoles littéraires de la capitale. Ce Shang était un moulin à citations. Cette fâcheuse habitude le rendait tout à fait désespérant. Bien qu'il parlât abondamment, il était tout à fait dépourvu de conversation : on avait l'impression de feuilleter un recueil de textes anciens.

– Je salue votre connaissance des écrits fondateurs, dit poliment le juge Ti dès qu'il put placer un mot.

Le juge Lo, qui dormait sur pieds, proposa d'aller se changer dans leurs chambres respectives :

– Puisque nous voilà réunis sous l'œil du maître, il convient de faire bonne figure, n'est-ce pas ? Allons nous mettre sur notre trente et un.

Ils se quittèrent et le juge Ti referma avec soulagement sa porte sur ses accablants confrères.

Tout en se préparant à la cérémonie du soir, il fit intérieurement ses comptes : bon nombre des magistrats de la région étaient présents à Pien-fou. Qu'est-ce que cela pouvait bien signifier ? Sa thèse d'une conférence sur la défense côtière s'effondrait : la plupart d'entre eux géraient un district à l'intérieur des terres.

Certains administraient des villes de montagne, d'autres des cités agricoles sises dans les plaines ; tout cela était hétéroclite. Il ne voyait nul point commun susceptible de les rapprocher. S'agissait-il de démanteler un réseau de trafiquants aux multiples ramifications ? Voilà qui aurait expliqué le secret entourant leur réunion. Quoique, à vrai dire, le déplacement d'autant de juges ne puisse guère passer inaperçu aux yeux d'une pègre puissamment organisée. Contre qui jouait-on ? Il espéra que ce n'était pas contre eux-mêmes.

On gratta à la porte. Leur hôte, Tan Jinxuan, informé de leur présence, se donnait enfin la peine de venir les saluer. Ti était curieux de voir de près à quoi ressemblait l'heureux mortel en charge de cette ville fastueuse, en fait davantage un vaste parc d'agrément qu'une cité ordinaire. Il portait une belle robe d'intérieur en soie fine brodée d'or, avec souliers assortis. On aurait dit un seigneur en son manoir. De belle prestance, d'humeur affable, il paraissait totalement détendu, comme un homme qu'aucun problème n'avait contrarié depuis longtemps.

– Son Excellence le préfet assistera en personne au dîner de gala, annonça-t-il. Quel honneur pour nous tous ! Vous verrez, il est d'un commerce très plaisant, une fois qu'on a percé sa carapace de haut fonctionnaire. Son affabilité est d'ailleurs la raison pour laquelle il a été envoyé gérer cette région. Notre préfecture abonde en personnages importants qu'il faut savoir caresser dans le sens du poil. Le préfet est un exemple pour un novice tel que moi.

Le juge Ti n'en doutait pas : il avait vu son jeune confrère à l'œuvre en compagnie de Dao-Li. Sa technique pour tapoter l'épaule des appuis potentiels était parfaitement au point. Il en profita pour essayer de lui faire dire le motif de la convocation. Tan prit un air malicieux.

– Ah, ah... Jamais en repos, Ti ! Toujours à poser des questions ! Je reconnais bien là ce qu'on m'a dit de vos exceptionnelles compétences. Je suis navré de ne pouvoir vous en apprendre davantage. Le préfet vous expliquera tout ce soir. Les méthodes originales de notre supérieur sont bien connues, n'est-ce pas ?

Son regard se perdit sur le paysage que l'on voyait par la fenêtre, les buissons fleuris, les toits par-delà le mur d'enceinte.

– Comment trouvez-vous mon humble village ? demanda-t-il à brûle-pourpoint.

Le juge Ti répondit que c'était là un endroit merveilleux qu'il aurait du mal à quitter. Cette remarque fit sourire le magistrat de Pien-fou.

– Exactement, c'est tout à fait ma pensée, répondit Tan. Devoir abandonner un tel séjour ne peut qu'inspirer du regret. Pourtant... il le faut bien, un jour ou l'autre. Mais nous parlerons plus à notre aise ce soir.

Il prit congé ; des valets viendraient les chercher un peu avant le dîner « pour une discussion fraternelle et décontractée entre confrères et amis ».

Le juge Ti ne savait que conclure de cet entretien. Il lui semblait que Tan se moquait d'eux, qu'on les avait attirés dans une sorte de piège. C'était encore assez vague, mais son intuition ne lui disait rien qui vaille de cette « conférence » sans queue ni tête.

– Alors ? demanda Lo, passant la tête par l'embrasure de la porte. Vous l'avez vu, le pistonné ? Le bienheureux Tan Jinxuan, dont la carrière n'a jamais connu aucun obstacle, aucun nuage, aucune déception ?

Jinxuan, le prénom que Tan s'était choisi comme il était de coutume lorsqu'un homme abordait l'âge viril, signifiait « mystère avancé », ce qui sous-entendait une grande aptitude aux études littéraires. Selon Lo, qui aurait dû travailler dans le renseignement, « Mystère Avancé » était en fait le prototype du petit débrouillard ambitieux, à qui de discrètes mais efficaces protections avaient procuré ce poste envié à Pien-fou, la cité aux mille fontaines. Ce district était d'ordinaire réservé à des magistrats en fin de carrière, en reconnaissance des services rendus. L'accession de Tan à ce fauteuil convoité avait fait voler en éclats une tradition fondée sur un sens de la hiérarchie pourtant développé à l'extrême dans l'Empire Fleuri, ils n'étaient tous, en comparaison, que des innocents stupides et incapables en matière d'intrigues.

De nouveau seul, Ti put enfin se rafraîchir et renouer son chignon. Puis il revêtit sa robe d'apparat, celle des cérémonies officielles, un uniforme vert de bonne facture, et choisit dans ses bagages son plus beau bonnet à ailes noires.

En début de soirée, un valet frappa à la porte.

– Si Votre Excellence le permet, je suis chargé de la mener à la salle des banquets.

Ils rejoignirent sur le palier un autre valet conduisant le juge Lo vers la même destination.

– Le préfet n'est pas encore parmi nous, expliqua le serviteur. Le seigneur Tan nous a priés de vous faire patienter dans l'antichambre de la grande salle. Il souhaite que vous puissiez en profiter pour rencontrer vos augustes collègues.

Il était d'usage de ne jamais nommer les magistrats dans leur région d'origine, afin de préserver l'impartialité de leur jugement. On les changeait en outre d'affectation tous les trois ans environ, pour la même raison. Ils n'avaient donc guère eu l'occasion de se fréquenter, venant les uns et les autres de contrées différentes, et ne se connaissaient que de réputation, souvent trompeuse comme toute rumeur publique.

Leurs cinq collègues étaient déjà là, installés dans de beaux fauteuils laqués de rouge, répartis le long de paravents ajourés, des tasses de thé fumant devant eux. Ils étaient tous vêtus de vert, couleur de la magistrature, ce qui donnait à l'assemblée un air de confrérie religieuse. Si leur hôte n'avait déployé des trésors de conversation, il aurait régné dans ce boudoir le même silence que dans un tombeau.

Tan Jinxuan, leur sémillant amphitryon, se leva à l'entrée des nouveaux arrivants et les introduisit auprès des autres. Le fils du comte de Pou avait visiblement sa préférence : on ne devenait pas le champion des soutiens haut placés sans étudier avec finesse le choix de ses relations.

– Vous connaissez sans doute notre ami le juge Lo ? demanda-t-il à Dao-Li.

Ce dernier, longiligne et sec comme un phasme mordoré, jaugea son collègue avec la distance mêlée de dédain qui caractérise en général les rejetons de vieilles familles, en permanence juchés sur un invisible piédestal.

– Qui ignore encore les fameuses joutes florales de Tcheng-pa ? répondit l'aristocrate. Les poètes les plus réputés se pressent à vos rencontres culturelles. Vos festivités ont fait énormément pour la célébrité de votre bourgade...

Le juge Lo rougit de plaisir et s'inclina profondément pour agréer l'amabilité. Il se serait épargné cette peine s'il avait attendu la suite.

– ... et beaucoup fait aussi pour votre renommée chez nos supérieurs de la capitale, poursuivit Dao-Li. Il est fort utile de flatter le goût de nos petits lettrés, ou de ceux qui se croient tels, pour progresser dans la carrière, de nos jours.

Le « de nos jours » sonnait clairement comme une accusation d'être, face à lui, héritier d'une lignée dont l'origine se perdait à travers plusieurs dynasties impériales, un parvenu condamné à l'intrigue et aux procédés vulgaires. Lo, qui s'apprêtait à répondre au compliment, demeura bouche bée.

« Elle s'annonce bien, notre petite sauterie », songea le juge Ti.

– Et bien sûr, vous connaissez tous Ti Jen-tsie, ingénieux enquêteur au brio sans égal, reprit leur hôte, que Ti aurait volontiers fait taire à coups de sandale.

Ses collègues s'inclinèrent avec un bel ensemble, ainsi que lui. Les expressions de leur visage, quand ils se redressèrent, étaient en revanche beaucoup plus variées. Elles allaient du sourire en coin au hochement de sourcils, en passant par la moue franchement dubitative. Le juge Ti lisait à livre ouvert dans leurs pensées, ce dont il se serait bien passé : un tel estimait qu'il y avait beaucoup d'exagération dans cette réputation d'inspecteur incollable, tel autre le jalousait, mais les préoccupations générales concernaient davantage l'heure du dîner que les prouesses un peu vaines d'un confrère connu pour faire du zèle.

Un serviteur vint prévenir leur hôte que le préfet était arrivé. On l'avait introduit directement dans la salle du banquet, où les juges pouvaient désormais faire leur entrée.

– Chers amis, annonça Tan Jinxuan, je suggère de ne pas faire attendre notre maître plus longtemps !

Ils se levèrent tous en même temps de leurs fauteuils. Une question inattendue, quoique primordiale, se posait tout à coup : celle de la préséance. Qui devait entrer le premier ? Dans quel ordre se placer ? Ils se retrouvèrent devant la porte, épaule contre épaule, prêts à franchir le seuil. Leur hôte fit une proposition dont l'unique qualité était la simplicité :

– Je crois que c'est à moi de vous précéder, en tant que maître de maison. Je vais donc passer devant, si vous le permettez.

Il tâcha d'écarter l'un de ses invités, qui ne bougea pas d'un pouce.

– Ne vous donnez pas cette peine ! dit le vieux Mei en se campant devant la porte. L'usage impose que le doyen de notre comité ouvre la marche. Honneur à mes cheveux blancs.

Il se précipita vers la sortie. Shang Ouchang, le féru d'études confucéennes, le retint par la manche :

– Veuillez me pardonner, noble vieillard, mais je crois que le classement dans les concours administratifs doit prévaloir sur la date de naissance. Confucius ne dit-il pas : « Qu'importe l'ancienneté de la poule si elle ne pond plus d'œufs » ?

Comme il avait obtenu la meilleure note à l'examen le plus coté, la conclusion allait de soi. Il s'avançait vers la porte quand le gendre du préfet leva une main aux longs ongles extraordinairement soignés :

– Il me semble que les attaches administratives de ma famille me confèrent la prééminence dans cette maison, dit Kien Fang-te, qui n'avait pas épousé la fille de son supérieur pour passer après des collègues incapables d'un tel sacrifice.

– Si vous allez par là, mon honorable ami, dit le fils du comte de Pou, je crois que la question est entendue. La gloire de mes ancêtres ne saurait connaître ici de concurrence.

– Mais comme ce ne sont pas vos ancêtres qui sont

reçus ce soir, dit Lo, qui n'avait pas digéré les crachats perfides sur ses joutes florales, vous nous permettrez de ne pas vous suivre sur ce point. Il me semble que le plus méritant d'entre nous doit nous représenter tous... En l'occurrence mon remarquable ami Ti Jen-tsie !

Ti soupira. Ses efforts de discrétion étaient réduits à néant ; il se voyait mêlé malgré lui à ce lamentable étalage de vanité.

– Le mérite ! s'exclama le vieux Mei. Parlons-en ! Il y aurait beaucoup à dire sur les fameuses enquêtes de Ti Jen-tsie ! La capitale ne cesse de nous reprocher de n'avoir pas la même sagacité que l'incroyable M. Ti ! Nous n'allons pas défiler derrière l'homme qui nous gâche le métier ! D'ailleurs, en tant que plus ancien dans la carrière, j'accumule le plus grand mérite, me semble-t-il !

Dao-Li éclata de rire, d'autres pouffèrent dans leurs manches ou dans leur barbe.

– Ne parlez pas de concepts dont vous sauriez à peine tracer le caractère, noble confrère, dit le fils du comte.

Le vieux Mei se drapa dans sa fierté offensée tandis que ses yeux lançaient des éclairs en direction de l'insolent.

– Chers amis ! Chers amis ! glapit Tan Jinxuan, totalement dépassé par la situation. Je vous en prie ! Raisonnez-vous ! Nous n'en sortirons pas ! Allons ! Tous en rang derrière moi !

Ils furent, pour une fois, d'un avis unanime :

– Certainement pas ! répondirent-ils en chœur en se précipitant sur la porte.

Le juge Ti les regarda un moment se disputer comme des chiffonniers. Lorsqu'il fut lassé du spectacle, il se glissa discrètement dans l'entrebâillement et pénétra dans la salle du banquet.

C'était une large pièce au plafond élevé. Le long des murs, à intervalles réguliers, se déployaient des bandes de tissus où étaient calligraphiées avec élégance des maximes à la gloire de l'Empereur en titre et des élégies en l'honneur de la paix, de la prospérité et autres bienfaits que son administration éclairée prodiguait au pays. Des dessertes recouvertes de nappes rouges supportaient plats, réchauds et fiasques en grand nombre. Trois longues tables étaient disposées en fer à cheval à une extrémité de la salle. Un homme d'âge mûr, aux cheveux gris, vêtu d'une belle tunique bleu nuit, occupait une chaise au milieu de l'agencement. Le juge Ti s'inclina aussi bas que possible.

– Son Excellence Ti Jen-tsie, magistrat de Peng-lai, annonça le majordome posté près de l'entrée.

Le préfet resta un moment silencieux avant de lui faire signe d'approcher.

– Voici donc le célèbre Ti de Peng-lai, dit-il comme s'il pensait tout haut.

– L'humble personnage qui se tient devant vous ne mérite en aucun cas cette célébrité, répondit poliment le juge.

Le préfet sourit.

– Croyez-moi, si vous continuez ainsi, votre renommée ne fera que croître. Vous finirez conseiller impérial, Ti. C'est d'ailleurs pour vos qualités si précieuses que je vous ai fait venir ici.

Le juge Ti fut rassuré d'apprendre qu'on ne l'avait pas convoqué dans le seul but de compléter un florilège de pantins grotesques. L'allusion du préfet offrait une occasion de connaître enfin la raison de sa présence entre ces murs. Il allait poser la question qui lui brûlait les lèvres lorsque son supérieur demanda où étaient passés les six absents.

– Ils règlent un détail de dialectique d'une haute portée philosophique, répondit le juge Ti.

À cet instant, s'étant rendu compte qu'ils avaient été bernés, les experts en vanité pénétrèrent tous ensemble dans la salle en se marchant sur les pieds. Les premiers à reprendre leurs esprits jetèrent à leur vainqueur des regards furibonds. Son opportunisme en matière de préséance n'avait pas contribué à lui concilier leur sympathie. Ils se postèrent en rang d'oignons et se plièrent en deux devant l'invité d'honneur, qui répondit d'un léger mouvement de tête.

– Venez donc vous asseoir ici, dit-il à Tan Jinxuan en désignant la chaise vide à côté de lui.

Les serviteurs menèrent chacun à la place qui lui avait été attribuée, dont le beau Kien Fang-te, visiblement déçu que son beau-père ait cru bon de faire passer les règles de l'hospitalité avant les liens du sang. Les six juges invités s'installèrent aux deux tables perpendiculaires restées vacantes. Ils demeurèrent immobiles et bien droits devant leurs couverts, comme des enfants attendant le signal de leur mère pour se jeter sur les plats.

– Je vous en prie, foin des civilités, dit le préfet. Il ne s'agit que d'un petit repas informel en votre honneur à tous. Votre hôte le juge Tan et moi-même avons eu l'idée de cette réunion pour régler un point délicat auquel nous ne savions donner de solution. Nous comptons sur la confrontation de vos brillants esprits pour nous aider à le résoudre.

Les juges se lancèrent discrètement des regards perplexes.

– Mais je m'en voudrais de torturer vos appétits aiguisés par une longue route.

Il saisit ses baguettes pour ouvrir le banquet. Ti

aurait préféré différer la dégustation des beignets de crustacés qu'on lui présentait. Il ne doutait pas que ses collègues fussent dans le même cas, et trouvait ce préfet d'une cruauté achevée.

Les commensaux échangèrent une heure durant des propos d'une banalité tout officielle. Certains se perdirent dans la relation de quelques anecdotes de bon goût, destinées surtout à empêcher le spécialiste de Confucius de leur gâter tout à fait l'appétit.

– Eh bien, je crois qu'il est temps de passer aux choses sérieuses, déclara soudain le préfet en se frottant les mains.

Il eut à l'intention du juge Tan un regard entendu.

– Certainement, seigneur préfet, répondit celui-ci.

« Enfin ! », pensèrent six cerveaux à l'unisson. Tan fit signe à son majordome, qui, repoussant un rideau, livra passage à un groupe de danseuses aux coiffures compliquées, drapées dans des tuniques légères. Des musiciens s'engouffrèrent derrière elles tandis que les jeunes femmes s'inclinaient devant l'auguste assemblée. La musique s'éleva bientôt et elles commencèrent leurs évolutions gracieuses, au désespoir des invités, qui s'étaient attendus à une tout autre sorte de gesticulation.

– On se moque de nous, chuchota le lettré Shang Ouchang à l'oreille du juge Ti, son voisin de table. Ces deux-là vont nous faire marner toute la soirée.

Les danseuses achevèrent enfin leur numéro, vivement applaudi par le préfet et son hôte, de manière beaucoup plus réservée par le reste de l'assemblée. Puis le préfet saisit à nouveau ses baguettes comme si de rien n'était et continua sa dégustation. N'y tenant plus, son gendre prit la parole :

– Cher père, je crois me faire l'interprète de mes confrères en vous priant humblement de bien vouloir nous révéler le sujet de cette réunion, à condition bien sûr qu'une importante démonstration de montreur d'ours ou d'avaleur de sabres ne doive avoir lieu auparavant.

– Ah, oui ! dit le préfet, comme si ce détail lui revenait subitement à l'esprit. Je reconnais bien là l'impétueuse impatience de la jeunesse. Fort bien. Comme certains d'entre vous l'ont déjà appris, notre cher Tan Jinxuan, ici présent, vient d'être appelé dans la capitale pour occuper de plus hautes responsabilités. Je ne vous en dis pas plus ; qu'il vous suffise de savoir que ses brillantes capacités auront tout loisir de s'y exprimer.

Ti supposa qu'il s'agirait de courir les cérémonies officielles et de faire des ronds de jambes devant des ministres corrompus et des généraux séniles.

– Nombre d'entre vous, sans doute avertis par la rumeur publique, ont déjà signalé qu'ils désiraient assurer son remplacement. Je suppose que la félicité que l'on goûte en notre bonne ville de Pien-fou n'est pas étrangère à cet empressement, et je ne les comprends que trop.

Les juges se jetèrent des coups d'œil étonnés, comme des prétendants s'apercevant qu'ils ont tous sollicité la main de la même héritière.

– En fait, reprit le préfet, force m'est de constater que la plupart des magistrats des régions limitrophes ont postulé pour cette place avant même qu'elle ne soit vacante. Vous le savez, il m'incombe de transmettre d'éventuelles candidatures au ministère, qui tiendra certainement compte de mes observations. Bien obligé de faire un choix, j'ai conservé celles des plus méritants. Méritants, vous l'êtes tous, à un titre ou à un autre. L'un, d'une famille très ancienne et très illustre, possède de puissantes relations dans la vieille noblesse. Un autre est l'heureux organisateur de rencontres littéraires dispendieuses qui ont séduit certains cercles d'influents lettrés. Un autre, plus discret, a acquis une intéressante renommée par des méthodes d'investigation peu classiques. Un autre encore occupe le meilleur rang dans la hiérarchie, étant sorti premier d'une promotion spéciale dans la catégorie la mieux considérée. Un autre bénéficie de son ancienneté, critère qui aurait suffi autrefois à lui valoir la préférence. Le dernier, enfin, me touche de près et possède des arguments qu'il m'est impossible de négliger, puisqu'il fait partie de mon clan.

Ti se demanda ce qu'il faisait là. Il n'avait postulé pour rien du tout, et pour cause : jamais il n'avait entendu parler de cette mutation. D'ailleurs il n'était pas intéressé par la place : Pien-fou était trop paisible à son goût. Seul un cloaque ignoble, livré à la crapule, pourrait lui fournir de quoi se dérouiller l'imagination pendant trois ans. Il se demanda pourquoi on l'avait adjoint à ce cénacle d'orgueilleux fainéants.

– Vous l'aurez compris, reprit le préfet, je compte mettre à profit ces quelques jours pour décider lequel d'entre vous je recommanderai comme futur magistrat de Pien-fou. Et maintenant, place au divertissement. Vous allez être content, Kien : je crois que notre cher Tan a justement fait venir un montreur d'ours.

Un gros plantigrade brun pénétra en effet dans la salle en marchant sur ses pattes avant. Pourtant, les spectateurs restaient persuadés que le clou du spectacle n'était pas devant eux, mais assis à table, en train de ruminer de sombres pensées tout en faisant mine de déguster un dîner qui décidément ne passait pas : c'étaient eux-mêmes. Les sourires en coin du préfet et de son hôte n'étaient pas faits pour atténuer cette blessure d'amour-propre.

III

Le juge Ti visite une belle ville ; l'eau se révèle une arme redoutable.

Après une assez mauvaise nuit, les juges furent conduits dans la cour d'honneur, où les attendait leur hôte.

– J'ai l'étrange impression d'être revenu au pensionnat de mes études, dit Lo en cheminant avec Ti dans les corridors. Nous sommes pris en main comme de petits enfants.

Tan Jinxuan leur annonça qu'ils ne reverraient pas le préfet, qui avait dû s'absenter pour répondre à une assignation des autorités militaires. Cette nouvelle provoqua la stupéfaction parmi les juges : non seulement on les convoquait, mais on les abandonnait à peine arrivés ! Il leur était pénible de passer sans transition du statut de maîtres absolus dans leurs districts à celui de négligeables sous-fifres. Seul le beau Kien Fang-te se réjouit de ce changement de programme : quel besoin son beau-père avait-il de faire connaissance avec les autres magistrats ? Les promotions n'avaient qu'à rester une affaire de famille. Il vit dans ce contretemps un très bon augure quant à ses ambitions professionnelles, pour lesquelles il n'avait pas hésité à payer si cher de sa personne.

Tan leur avait organisé une visite de sa cité radieuse.

– Pour nous montrer ce que nous ne posséderons jamais ? grommela le lettré Shang dans le dos du juge Ti.

On les fit monter dans autant d'élégants petits palanquins ouverts. Les porteurs les soulevèrent du sol. À la sortie du yamen les attendait une foule d'enfants qui jetèrent des pétales de roses sur leur chemin comme si l'on avait promené des idoles sacrées un jour de fête.

– On voit que l'argent coule à flots, dans cette cité, grogna le vieux Mei Haodi comme il dépassait le palanquin du juge Ti. Quel déploiement de fastes inutiles ! Conquêtes militaires et pétales de roses, voilà résumée toute la politique actuelle !

Il y avait dans son ton autant de sincère mesquinerie que d'envie fielleuse. Ils traversèrent la ville en convoi, sous l'œil curieux des promeneurs. Tan les mena tout d'abord aux cascades, symbole et ornement de sa bourgade. L'eau tombant avec fracas d'une hauteur de quarante pieds formait un spectacle somptueux et sonore. Un vaste bassin entouré d'une rambarde ouvragée recevait le bouillonnement ininterrompu. Un parc avait été aménagé autour du site, agrémenté d'allées ombragées, de saules pleureurs et de bancs permettant aux visiteurs de se reposer ou de contempler confortablement ce décor naturel tout à fait dans l'esthétique chinoise à la mode. Des peintres vendaient leurs aquarelles colorées en guise de souvenirs. Des buvettes proposaient des sirops et toute une collection de thés parfumés dont Tan Jinxuan leur offrit une dégustation.

Il les conduisit ensuite, toujours à la queue leu leu,

dans le meilleur restaurant local, célèbre pour son choix d'eaux minérales. Tan annonça qu'on allait leur servir un assortiment des spécialités culinaires de la région.

– Enfin quelque chose de solide ! se réjouit Lo.

La spécialité de Pien-fou consistait à faire bouillir viandes et légumes dans de l'eau provenant de différentes sources. On ôtait ensuite ce qui avait mariné, pour ne servir que le bouillon.

– Le véritable raffinement consiste à boire seulement le jus, expliqua Tan, dont la sveltesse trouvait soudain son explication. Les palais les plus exercés doivent être en mesure d'identifier l'origine de l'eau, c'est le signe que le plat est réussi. La viande, les légumes ni les épices ne doivent en altérer le goût originel.

– Ils appellent cela un plat ? glapit Mei Haodi qui, même dans ses crises d'économie les plus rudes, n'avait jamais adopté un régime aussi strict.

C'était de la cuisine de curiste venu soigner un foie endommagé par les excès. Le plat le plus prisé était la « nage de requin ».

– La *nageoire* de requin, voulez-vous dire ? rectifia le lettré Shang.

– C'est bien de la nageoire, mais améliorée, expliqua Tan. Elle est ôtée de la préparation avant le service. C'est plus digeste.

– C'est l'enfer au paradis, cet endroit, conclut Lo en contemplant le jus de chaussette au fond de son bol.

– Et pour les œufs, demanda Dao-Li en tâchant de pêcher une vague crevette flottant entre deux algues minuscules, vous ne servez que les coquilles ?

Les palanquins les conduisirent ensuite dans un établissement balnéaire à flanc de montagne. Pien-fou, qui déclinait sa principale denrée sur tous les modes imaginables, possédait, outre ses sources gazeuses et sulfureuses, d'innombrables bassins d'eau volcanique, célèbres pour leurs vertus thérapeutiques.

Le bâtiment, composé de deux niveaux distincts, était consacré aux femmes dans sa partie inférieure, tandis que l'étage était réservé aux hommes. Tan avait loué ce dernier pour éblouir ses hôtes. Au terme d'une enfilade de salons tous plus ornés les uns que les autres, peuplés de servantes et de garçons de bain qui s'inclinèrent respectueusement à leur passage, ils pénétrèrent dans une salle garnie de bancs et d'étagères, où ils se dévêtirent. Les baignoires creusées dans la roche étaient remplies d'une eau si chaude qu'elle dégageait de la vapeur. Elle s'écoulait d'un réceptacle à l'autre, se refroidissant très légèrement chaque fois, si bien que le curiste pouvait choisir la température de son bain selon son goût.

Le juge Ti remarqua que chacun de ses collègues, sous les multiples couches de leurs oripeaux matelassés, avait le physique de son mode de vie et de son état d'esprit : Lo exposait avec bonhomie les rondeurs de son inaction, le vieux Mei était osseux comme un oiseau de proie, Dao-Li et Shang étaient tous deux longs et émaciés, le premier en raison de sa sécheresse de caractère, le second parce qu'il n'était jamais sorti de ses bibliothèques ; Kien Fang-te, même nu, était paré de la beauté soignée qui constituait le principal atout de sa carrière ainsi que son plus grand obstacle, et Ti arborait la constitution solide de l'homme rompu aux sports de combat, un avantage précieux lors des enquêtes musclées qu'il était seul à pratiquer.

Tandis qu'ils se prélassaient dans la vapeur, adossés aux rebords de la roche polie par vingt siècles d'eau courante, bercés par le glouglou du bouillonnement tiède, les employés de la maison leur servirent une énième collation à base du produit local : de l'eau. Tan Jinxuan leur vanta personnellement chacun des liquides, que l'homme averti était censé identifier par leur différence de dureté, de salinité ou de pétillement. Ti n'avait pas cru jusqu'à ce jour que l'on pût être écœuré par de l'eau. Ses collègues repoussaient discrètement les coupes que leur présentaient les serviteurs ou les vidaient dans leur baignoire. Toutes les cinq minutes, l'un ou l'autre disparaissait dans les salles attenantes pour soulager sa vessie mise à mal. Lo, peu habitué à ce breuvage, crut mourir noyé de l'intérieur dans l'eau ferrugineuse imbuvable.

– Vous devriez écrire un poème sur cette journée, suggéra Kien Fang-te.

– À ce degré d'immersion, répondit le poète, toutes mes forces sont accaparées par mes efforts de survie.

Il s'extirpa de la piscine naturelle pour partir en quête d'un liquide qui pût chasser l'affreux goût d'eau qui imprégnait sa bouche.

Chaque fois que l'un d'eux tentait de se dérober et quittait sa baignoire, il était happé par trois garçons fortement charpentés qui l'enveloppaient dans des serviettes chaudes et le menaient dans une alcôve, d'où s'échappaient divers bruits de coups et exclamations.

– Croyez-vous que ce Tan veuille nous éliminer ? demanda le vieux Mei avec une angoisse qui n'était peut-être pas feinte. Aurait-il décidé de conserver son poste, tout compte fait ?

Ti s'attarda dans le bassin autant qu'il put. À la dernière extrémité, au seuil de la cuisson, il choisit de ne pas finir en homard et se résigna à se livrer aux larges mains des masseurs. Ceux-ci lui firent connaître les « huit délices de Pien-fou », huit techniques traditionnelles de massage employant divers ustensiles que n'auraient pas reniés les meilleurs bourreaux de son tribunal.

Le fils du comte de Pou subissait le même sort sur une table voisine.

– Quand je serai magistrat de cette ville, promit Dao-Li, je doublerai l'impôt sur les bains ! Cela leur apprendra ma façon de penser ! Il fera beau voir que je remette les pieds dans ces antres de tortures !

Ils perçurent divers ricanements autour d'eux. « Il ferait beau voir, en effet », grogna dans son dos le vieux Mei avec un sourire mauvais.

Tout au long de cette pénible démonstration, ils ne cessaient de s'épier en cherchant à deviner qui d'entre eux avait le plus de chances d'entrer dans les bonnes grâces du préfet. Seul Kien Fang-te affichait une sérénité de façade, en sa qualité de gendre indéracinable, ce qui ne suscitait chez ses concurrents que persiflages. Ils en vinrent à se permettre des attitudes perfides. Mei oublia volontairement Lo au bar de la maison de bains après l'avoir encouragé à ingurgiter des spécialités locales beaucoup plus corsées que l'eau minérale. Sa punition ne tarda pas. En descendant les jardins, Dao-Li lui tendit aimablement la main pour l'aider à passer un ruisseau artificiel, mais, curieusement, fit un faux mouvement qui faillit jeter le vieil homme dans les roseaux. Peu après, le beau Kien envoya le lettré Shang se casser la figure dans des escaliers impraticables. Il expliqua en manière d'excuses qu'il n'avait pas remarqué à quel point leur confrère était atteint de myopie, mais son expression laissait soupçonner le contraire. Cette compétition feutrée ne rehaussait pas l'opinion que l'on pouvait avoir de l'humanité administrative.

Tan, en hôte parfait, les mena dîner dans ce qu'il appela « les plus beaux jardins privés de la région », sans plus de précisions. C'était un ensemble de pavillons au milieu d'enclos arborés. Danseuses, chanteuses et musiciennes se succédèrent pour leur agrément en un charmant froufrou. Les moins avertis ne furent pas longs à comprendre qu'ils se trouvaient dans ce qu'on pouvait honnêtement désigner comme une maison close de bonne tenue.

– C'est un bordel ! s'exclama soudain Mei Haodi, ahuri. Vous nous avez conduits dans un lieu de perdition !

Tan répondit d'un air serein qu'il préférait parler de « maison de rendez-vous de grande classe, propice à la détente et à la convivialité, le seul endroit en ville où l'on pouvait souper en bonne compagnie tout en se faisant délicatement masser les épaules ou les orteils par des hôtesses de charme ».

Ti leva les yeux au ciel. Il s'expliquait de mieux en mieux la fulgurante ascension de Tan Jinxuan : l'homme savait flatter les faiblesses et autres petits penchants de ses relations sociales, sans tabous, avec la plus grande décontraction. Sans doute cet hôte parfait aurait-il trouvé tout naturel de leur fournir des gamines prépubères ou de petits garçons.

– Avec l'argent public, bien sûr, grogna le vieux Mei, fâché de voir que les méthodes avaient tant changé depuis ses débuts dans la carrière.

Dao-Li éclata de rire.

– Ne soyez pas aussi à cheval sur les bonnes mœurs, Mei. Après tout, mon aïeul, le ministre, avait huit épouses officielles, et son gynécée a compté jusqu'à trente-deux pensionnaires ! On n'était pas si regardant, sous le gouvernement des empereurs Sui.

– Et puis, renchérit Kien Fang-te, cela fait supporter le régime alimentaire de cette cité, ne trouvez-vous pas ? De l'eau, certes, mais servie par une fleur délicate !

Il donna une petite tape sur l'arrière-train d'une jeune fille qui s'écarta en gloussant, sous les yeux rageurs du vieux magistrat.

– Si je suis nommé à Pien-fou, certaines choses changeront, déclara ce dernier avec un regard peu amène pour la matrone trop maquillée qui organisait le service.

L'impassibilité exagérée de la dame laissait deviner qu'elle avait parfaitement entendu la menace. Les collègues de Mei eurent un sourire acide : ce dernier venait de se mettre à dos la corporation des femmes de petite vertu avant même son entrée en fonctions. Quel juge pouvait se vanter de gouverner une cité sans la coopération des courtisanes, source essentielle de renseignements sur leurs concitoyens, du haut en bas de l'échelle ? Les préventions de Mei le rendaient parfaitement incompétent.

On leur avait réservé l'une des terrasses pour y tenir leur banquet, afin qu'ils n'aient pas à croiser les clients fortunés reçus chaque soir dans cet endroit huppé. Kien salivait comme un loup affamé par un long jeûne. D'appétissantes et fraîches demoiselles virevoltaient autour de lui en arborant un sourire d'une professionnalité exemplaire. On pouvait lire sur sa figure que sa détermination à gagner ce poste ne connaîtrait plus de bornes : qu'on lui présentât un sabre à cet instant et il aurait été capable d'étriper femme et beau-père pour obtenir la préférence.

Quelques heures plus tard, après avoir arraché Kien aux bras des belles ensorceleuses et bâillonné Lo, qui braillait d'une voix pâteuse des poèmes plus que lestes, les magistrats retournèrent au yamen.

– Voilà une journée bien remplie, conclut Shang Ouchang en contemplant la déliquescence de collègues moins ascétiques que lui.

Ils remercièrent leur hôte de cette si intéressante démonstration des beautés urbaines, tandis que deux serviteurs extrayaient le juge Lo du palanquin où il ronflait avec assez de force pour réveiller tout le bâtiment.

L'eau de roche chargée de toutes sortes de minéraux et la cuisine locale, bonne à empoisonner les barbares les plus sauvages du Nord, embarrassaient l'appareil digestif du juge Ti. À peine couché, il éprouva le besoin de faire quelques pas et se mit à rôder dans les couloirs éclairés par la lune.

Le murmure d'une conversation se fit entendre au détour d'un couloir. Tan venait d'apporter à Kien Fang-te un courrier adressé au préfet, que ses secrétaires avaient intercepté.

– J'ai préféré vous le remettre en mains propres, expliqua-t-il d'une voix pleine de sous-entendus. Il s'agit d'un sujet... disons délicat.

Une main indiscrète avait cru bon de rédiger une lettre anonyme assez déplaisante. On y exposait à l'attention de leur supérieur, avec force détails, diverses mésaventures conjugales dont sa fille aurait eu lieu de se plaindre. Cette lettre venait du palais. L'un de leurs collègues avait d'évidence cherché à éliminer Kien de la compétition. C'était pour le moins un bas procédé. Tan en parlait d'autant plus aisément qu'il était le seul à ne pouvoir être soupçonné de s'être abaissé à cette faute de goût.

Kien froissa avec rage le morceau de papier tout en pestant contre le « chien qui se permettait une attitude aussi indigne » :

– Mensonges ! Infamie ! Les gens inventent n'importe quoi !

– C'est certain, approuva Tan avec une intonation un peu trop suave.

Il tira de sa manche une autre missive.

– À ce propos, mon secrétaire a aussi découvert cette seconde lettre, également destinée à Son Excellence. L'auteur y raconte de petits détournements financiers dont notre estimé confrère Mei Haodi se serait rendu coupable. L'œuvre n'est pas signée. Vous n'avez pas une idée de son auteur, par hasard ? Cette écriture vous dit-elle quelque chose ?

La vue du papier fit au beau Kien l'effet d'une gifle.

– Absolument rien, connais pas, répondit-il, glacé, après avoir jeté un vague coup d'œil à la lettre. Il faut brûler ce torchon immédiatement.

– C'est aussi mon opinion, répondit Tan. Inutile d'inquiéter M. Mei avec ces racontars, n'est-ce pas ?

– Je n'en vois pas la nécessité. Cela ne pourrait qu'affliger cet auguste vieillard.

– Oui, dit Tan, surtout s'il reconnaissait la calligraphie. Il lui serait sûrement pénible d'apprendre qu'un de ses collègues s'est avili à ce point. À moins que lui-même... C'est que j'en ai une petite collection, de ces amabilités... Les écritures anonymes semblent très en vogue, en ce moment.

Alors que Tan s'éloignait, Ti entendit deux ou trois portes se refermer. D'autres que lui avaient épié la conversation. Tan avait sans doute fait exprès de tenir ces propos de façon à être entendu : il usait leurs nerfs. Il y avait là un jeu cruel entre le préfet et eux.

Ayant passé l'angle du corridor, Tan buta sur son collègue de Peng-lai, qui fit semblant d'admirer une gravure à la lumière de sa lanterne.

– Il me semble que cette maison abrite plusieurs écrivains en herbe, lui glissa le juge Tan. J'ai justement du courrier qui parle de vous.

Il lui remit une diatribe diffamatoire contenant des phrases telles que : « Ti Jen-tsie a rempli ses coffres lors du démantèlement du trafic d'or de son district, il y a deux ans. Il n'a versé à l'État que la moitié des sommes récupérées. »

Ti sentit le piment lui monter au nez. Tan, impassible et même guilleret, lui fit remarquer que percer les petits secrets d'autrui pouvait faire avancer grandement une carrière administrative. Ti eut le sentiment qu'il parlait d'expérience. Sa carrière à lui, Tan Jinxuan, n'était-elle pas précisément un modèle de rapidité ? Combien de personnes avaient-elles dû s'entremettre pour lui procurer un si bon poste ? Il avait beau jeu de se moquer d'eux : sans doute n'était-il pas meilleur que ces apprentis dénonciateurs. Celui qui dénonçait était un lâche ; celui qui gardait pour lui un secret dans l'espoir d'en tirer profit était bien plus habile, mais ne valait pas mieux.

– Je vous quitte, dit Tan, comme s'il venait de lui remettre un recueil de poèmes. Je n'ai pas fini ma tournée. Saviez-vous que notre ami Lo, entre deux beuveries, est soupçonné par de mauvais esprits d'avoir financé de façon illégale ses fameuses joutes florales ? Que ne va-t-on pas inventer, je vous le demande ? Je vous souhaite, une bonne nuit, frère-né-avant-moi.

Ti voyait mal comment la nuit pouvait être bonne après un tel déballage de sous-entendus déplaisants.

IV

Le juge Ti est réveillé en pleine nuit ; l'un de ses collègues disparaît.

Ti venait enfin de parvenir à s'endormir lorsque de petits coups frappés à la porte de sa chambre interrompirent un sommeil conquis de haute lutte. Il écarta les rideaux du lit et vit entrer le majordome du yamen, la figure décomposée, une lampe à la main.

– Il est arrivé un terrible malheur, noble juge ! Notre maître vénéré vient de connaître une fin abominable !

L'esprit embrumé du magistrat s'éclaircit d'un coup. Il se leva et passa en vitesse par-dessus sa tenue de nuit une robe de chambre damassée, sans prendre la peine de poser un bonnet sur ses cheveux dénoués[1].

– Montrez-moi ça, ordonna-t-il. Et surtout n'en parlez à personne avant que j'aie examiné le corps.

Il constata que le corridor était déjà encombré de ses collègues, en robe d'intérieur eux aussi, qui se pressaient vers les appartements privés du magistrat. Il jeta au majordome un regard perplexe.

1. Les Chinois de cette époque portaient les cheveux noués en chignon sous un bonnet.

– Je suis navré, répondit ce dernier avec embarras. J'avais cru bon de faire prévenir vos honorables confrères. Il m'a été impossible de choisir entre nos six honorables invités, comprenez-vous...

– Oui, bon, ça va, le coupa le juge Ti. Menez-moi à ces appartements avant que toute la ville y ait défilé. Il suffit de suivre le flot, je suppose ?

Ils parcoururent une enfilade de couloirs et gravirent un escalier surveillé par deux domestiques. Un élégant boudoir débouchait sur une chambre où trônait un lit fermé. Des gravures osées ornaient les murs.

– Ah, ah... dit Kien Fang-te, l'œil au ras des œuvres d'art. Joyeux luron, je m'en étais toujours douté. Où sont ses ravissantes épouses ?

Le majordome répondit que le maître dormait seul depuis quelques jours : les dames étaient déjà parties pour la capitale, où elles s'occupaient de leur nouvelle installation. La pièce était en désordre. Un vase de bronze et une chaise gisaient par terre. Sur une table étaient posées une carafe et deux coupes, ainsi que du papier et un écritoire ouvert.

– Eh bien ? dit Dao-Li. Je ne vois rien ici de particulier. Où est-il donc, ce bon Tan ?

Le majordome fit un petit signe en direction de la fenêtre. L'appartement étant situé à l'étage, on jouissait d'une vue dégagée sur les toits de Pien-fou et sur la vallée délicatement argentée par le clair de lune. Les juges se pressèrent devant la croisée. Ceux qui étaient les mieux placés se penchèrent sur la balustrade : le corps désarticulé de leur hôte gisait sur le dallage en contrebas.

– Quelle chute ! s'exclama Shang Ouchang. Pauvre ami ! J'espère qu'il est mort... sur le coup.

Ti demanda au majordome à quel moment le décès avait été découvert.

– Il y a très peu de temps, noble juge. La ronde passe régulièrement, l'accident ne saurait être ancien. Je ne peux préciser davantage, car on n'a entendu aucun cri.

– Aucun cri, vraiment ? s'étonna le juge Ti. Y avait-il du monde à portée d'oreille ?

Le majordome répondit que les gardes chargés de patrouiller à travers les jardins n'étaient jamais loin. Par ailleurs, à cette heure de la nuit, il était probable que nul son ne serait venu couvrir le hurlement d'un homme qui tombe.

– Comme c'est étrange, dit le juge Ti. Un homme dans la force de l'âge qui fait une telle chute sans pousser le moindre cri... Imagine-t-on cela ?

Il proposa à ses collègues de descendre examiner le cadavre.

– Je n'en vois pas la nécessité, dit le vieux Mei, qui n'aimait pas les escaliers. Il est forcément mort.

– Je laisse ordinairement ce genre de détails à mon contrôleur des décès, renchérit Kien Fang-te. Je ne suis pas croque-mort. Je reconnais bien là vos méthodes, Ti. Toutes de contact !

– Si vous le permettez, je vais attendre ici, renchérit Lo. Ces émotions m'ont brisé.

Il se laissa tomber dans un fauteuil et empoigna la carafe, qu'il plaça sous son nez.

– Hum ! De l'alcool de riz, et du meilleur ! Passez-moi une coupe propre.

Ti, Shang et Dao-Li gagnèrent le jardin, précédés par le majordome qui les éclairait de sa lanterne. Les buissons en fleurs embaumaient. Effectivement, à part le bruit étouffé des conversations à l'étage, rien ne venait troubler la paix nocturne.

– Alors ? demanda Lo depuis la fenêtre.

– Il est méconnaissable, répondit Shang. C'est affreux. Le visage est tout enfoncé. Il y a du sang partout.

– Épargnez-nous les détails ! glapit Lo en disparaissant.

– Il faut faire sonner l'alerte ! répondit Kien Fang-te, qui venait de prendre sa place. Appelons les sbires !

– Je n'en vois pas la nécessité, objecta Dao-Li. Laissez donc dormir ces braves gens. Ils apprendront la nouvelle bien assez tôt. Ce n'est pas un tremblement de terre.

Certaines incongruités dans la physionomie de la dépouille attirèrent l'attention du juge Ti. Il écarta les pans de la veste de brocart et nota combien le défunt avait la poitrine creuse. Son buste était émacié comme celui d'un homme atteint depuis longtemps d'une maladie.

Raides et impassibles, Shang et Dao-Li conservaient une grande sérénité en présence du mort. Ti admira leur sang-froid digne de magistrats chevronnés.

– Il ne s'était pas déshabillé, remarqua Shang.

– Comme c'est bizarre, dit Dao-Li. Où pouvait-il vouloir se rendre ? Ou bien attendait-il de la visite, à cette heure tardive ?

Ti fit approcher la lanterne. Il avait de bonnes connaissances médicales. La médecine était un métier qu'il aurait volontiers exercé si la tradition de sa famille ne l'avait orienté d'office vers la fonction publique. Il en était sûr, à présent : le mort était phtisique. Les joues creuses, la poitrine étroite, l'aspect jaunâtre et parcheminé de la peau étaient des signes qui ne trompaient pas. Il remarqua ses mains décharnées, ses ongles gris.

– Votre maître souffrait-il de douleurs thoraciques ? demanda-t-il au majordome.

Le serviteur eut l'air surpris :

– Pas que je sache, noble juge.

Le juge Ti lissa les longues mèches de sa barbe avec perplexité. Le cadavre ne leur révélerait rien de plus dans cette obscurité. Les quatre hommes regagnèrent la chambre de leur hôte.

– Quel terrible accident, dit Lo. Cela nous rappelle que rien ne saurait durer en ce bas monde. Heureux un jour, enterré le lendemain. J'ai composé une ode sur ce sujet. Comment était-ce, déjà...

– Les faits sont clairs, je crois, le coupa Kien Fang-te. Notre ami avait bu plus que de raison, comme l'indiquent la présence de l'alcool, des coupes, et les objets renversés par suite d'une maladresse éthylique. Tan s'est penché par la fenêtre pour respirer de l'air pur, et il a perdu l'équilibre.

– Et ma grand-mère est passée maître en arts martiaux, indubitablement, le railla Dao-Li. Je comprends pourquoi votre district a un si faible taux de condamnations, noble confrère. Avec des méthodes pareilles, l'impunité est pratiquement garantie aux criminels !

– Permettez-moi de vous démontrer en quoi ce ne peut être un accident, dit le vieux Mei. Il aurait fallu que le défunt enjambe l'appui de la fenêtre... Tenez, cher ami, dit-il à Kien Fang-te en l'agrippant. Placez-vous devant l'ouverture.

Il lui donna une brusque bourrade, malgré tout trop légère pour le faire basculer dans le vide.

– Vous voyez ? conclut-il. Même ivre, personne ne ferait involontairement un mouvement assez puissant pour verser de l'autre côté. Le plus grand imbécile n'y parviendrait pas, comme je viens de le démontrer.

– Bien sûr ! s'écria Shang. Il s'est défenestré de son plein gré. Désespéré à l'idée de devoir quitter ce paradis, Tan s'est enivré, a voulu commencer une lettre d'adieu au préfet, comme le montre l'en-tête de cette feuille, mais il a renoncé et a sauté dans le vide. C'est d'une simplicité enfantine.

Le juge Ti songea qu'un suicide était envisageable, bien sûr, quoique guère plausible. Peu avant sa mort, Tan avait montré l'esprit facétieux et perfide d'un être tout à fait équilibré. Dao-Li exprima sa pensée :

– Pardonnez-moi, cher confrère, dit-il, mais votre trop longue pratique des vieux grimoires vous a coupé du cœur des hommes. Tan était au sommet de la réussite, il n'avait aucune raison de mettre fin à ses jours.

– Vous en revenez donc à ma thèse de l'accident ? supposa Kien Fang-te, croyant tenir sa revanche.

– Pas du tout, répondit Dao-Li. Il faut se rendre à l'évidence : on l'a poussé.

L'affirmation fut accueillie par des cris de protestation. Dao-Li reprit sa démonstration :

– Il y a eu lutte, témoins ces objets renversés. Le papier et l'écritoire signifient bien qu'il était en train de rédiger une lettre à l'attention du préfet. Mais pas une lettre d'adieu. Une feuille a été arrachée. À cette heure tardive, Tan rédigeait un rapport urgent. Sur quel sujet ? Je me suis laissé dire qu'on écrivait beaucoup, ces temps derniers, dans ce palais...

Ses petits yeux inquisiteurs scrutèrent ses collègues, tous plus gênés les uns que les autres.

– Il ne s'est pas couché, malgré l'heure, reprit-il. Le lit est intact. Tan attendait quelqu'un, un hôte de marque, qu'il comptait recevoir dans ses appartements privés et à qui il avait destiné un alcool fin.

– De première qualité, confirma Lo en se resservant.

– Tout laisse croire qu'il a bien reçu son invité, reprit Dao-Li, puisque deux coupes ont été salies, sans compter celle utilisée par notre ami Lo pour effectuer son test gustatif.

– Un assassinat ? s'insurgea Mei. Ici, au yamen ? Comme vous y allez !

– La mise en scène de l'accident ne peut tromper personne, pas l'œil d'un bon magistrat, en tout cas, conclut Dao-Li. Il suffit de se concentrer un peu pour flairer le meurtre sous l'accident.

Les juges se mirent à réfléchir en silence avec des mines accablées. Ti admettait en son for intérieur que la pièce contenait des détails étranges. Il demanda au majordome si un visiteur de l'extérieur s'était présenté à l'entrée du yamen durant cette nuit. On n'avait vu personne.

Si butés qu'ils fussent, l'hypothèse d'un meurtre crapuleux faisait son chemin dans l'esprit de ses collègues, en l'absence d'autre piste.

– Que faire ? glapit Lo, dépassé par l'ampleur de l'événement.

C'était un cas d'école : si le magistrat d'une ville mourait dans des conditions suspectes, à qui revenait le devoir de mener l'enquête sur son décès ? Le juge était, dans ce cas particulier, le moins bien défendu de ses administrés.

– Il me semble que les magistrats sont ici ce qui manque le moins, rétorqua Dao-Li. Nous devons nous charger de cette affaire sans attendre la nomination d'un remplaçant – qui d'ailleurs serait l'un d'entre nous. Autant prendre les devants.

Le vieux Mei eut une idée :

– Ti n'a qu'à s'en charger ! Il fait ça tout le temps !

– Oui, c'est ça, tirez-nous de là ! approuva Shang.

– Après tout, c'est votre spécialité, les enquêtes tordues, ajouta Dao-Li.

– Vous êtes notre providence ! dit Lo en lui serrant vigoureusement les deux mains comme s'il venait de guérir son fils unique.

– Je vais voir ce que je peux faire, répondit le juge Ti, en se disant qu'on le prenait pour le factotum de la congrégation.

Il avait certes un penchant naturel à se jeter la tête la première dans toutes les énigmes qui se présentaient, mais la simplicité avec laquelle ses éminents confrères se déchargeaient sur lui blessait son amour-propre. Lo en eut conscience. Il se lança dans un éloge de ses puissantes facultés de déduction, en un compliment si appuyé qu'il aurait fallu être naïf pour y porter foi. Tous les cinq promirent de l'assister autant qu'il le souhaiterait. Ti jugea qu'ils chercheraient plus probablement à regagner leur district au plus tôt en le laissant se dépêtrer de cette pénible affaire sous l'œil intransigeant du préfet.

Dans ces conditions, étant donné qu'il y avait suspicion de meurtre, il estima préférable que la population ne soit avertie de rien tant que son enquête n'aurait pas été dégrossie. Il recommanda au majordome et aux quelques serviteurs au courant des faits de garder momentanément le silence, sous leur responsabilité. Habitués à travailler pour le palais, on pouvait espérer qu'ils se montreraient fiables.

En revanche, il convenait de prévenir le préfet sur-le-champ. Un sbire du tribunal enfourcherait le meilleur cheval pour lui porter un message. Mei Haodi argua de son ancienneté pour se charger de cette délicate opération. Personne, cette fois, ne prit la peine de contester la prééminence de ses cheveux blancs.

– Et le corps ? grogna Kien Fang-te, vexé qu'on n'ait pas songé à lui confier l'enquête malgré son évidente qualité de futur maître des lieux. Vous le laissez sur le dallage du jardin ?

Il s'exprimait sur le ton d'un seigneur exigeant de ses serviteurs qu'ils enlèvent des ordures. Ti ordonna au majordome d'entreposer la dépouille de son maître dans le boudoir de manière temporaire et de surtout fermer la porte à clé. On aviserait par la suite.

– Quelle affaire ! Quelle affaire ! répétait Lo. Qui aurait dit que ce yamen était si mal fréquenté ?

« N'importe lequel d'entre nous depuis que nous y sommes présents », répondit intérieurement le juge Ti. Les regards en biais que se lançaient ses collègues laissaient penser que ce sentiment était largement partagé.

Les juges prirent congé de Ti les uns après les autres, inclinés comme s'ils venaient présenter leurs condoléances à un parent du défunt, qu'ils laissaient à présent veiller le corps. Au reste, Ti n'était pas fâché de se retrouver seul dans ces appartements pour y chercher des indices supplémentaires.

– Quelle perte pour le milieu mondain de la capitale ! dit Lo avec une bonne dose de cynisme. Les vieux généraux devront trouver quelqu'un d'autre pour leur gratter le dos et les écouter radoter entre deux tasses de thé. Son absence sera irréparable !

Quand Lo se fut retiré, Ti vérifia qu'aucune des deux coupes ne portait les traces d'un soporifique qui aurait permis de balancer Tan dans le vide sans qu'il pousse un cri. À vue de nez, elles ne contenaient rien de suspect, ni poudre, ni odeur. Alors qu'il se croyait seul, il sursauta en remarquant tout à coup la présence de Shang Ouchang, qui occupait un fauteuil dans un angle de la chambre, à demi dissimulé par le rideau du lit. Il semblait peu pressé de s'en aller.

– Puisque vous avez la bonté de mener les opérations, dit le lettré, je dois vous confier quelque chose. J'ai surpris, tout à fait par hasard, des bribes de conversation, ce soir, dans le corridor de ma chambre. J'ai cru comprendre que notre défunt ami avait entre les mains des lettres diffamatoires dont les accusations pouvaient se retourner contre leur auteur. Je ne crois pas que le préfet aurait goûté ce genre de méthode.

Il se tut, laissant un silence pesant souligner ses insinuations.

– Si je vous suis bien, dit le juge Ti, vous suggérez que certains d'entre nous auraient très bien pu vouloir récupérer leur lettre, se disputer avec Tan et le jeter par la fenêtre ? Un assassinat collectif perpétré par d'augustes magistrats en mission ?

– Je n'ai pas dit cela ! s'insurgea Shang. Disons que j'aurais pu le croire, si j'avais pensé qu'on puisse tuer pour obtenir une bonne place... Mais c'est une chose impossible à imaginer, n'est-ce pas ?

– En êtes-vous certain ? demanda tout bas le juge Ti. J'ai l'impression qu'il n'y a plus entre nous ni amis ni collègues : ils se sont effacés au profit d'adversaires sans foi ni loi.

– Cependant, reprit Shang, il est une personne dont nos chers amis ont désiré la mort plus encore que celle du pauvre Tan.

De qui s'agit-il donc ? demanda Ti.

– Allons ! Je vous croyais plus perspicace ! Je parle de l'heureux élu qui aura le poste de Pien-fou, bien sûr !

– Eh bien... mais cela laisse le choix...

– Entre chacun de nous, compléta Shang. Il y a

toujours potentiellement parmi nous un assassin et une victime. Que cela ne vous empêche pas de passer une bonne nuit, frère-né-avant-moi.

Ce qui restait de la nuit du juge Ti était définitivement gâché. Shang parti, il se dit que Tan avait en effet bien pu avoir ce soir en sa possession une lettre de dénonciation à l'attention du préfet, une lettre qui l'avait assez troublé pour le pousser à rédiger aussitôt un rapport ; une lettre contenant des accusations suffisamment graves pour lui faire prendre la plume malgré l'heure tardive. Dans ce cas, il fallait admettre que le meurtrier l'avait tué pour supprimer ces deux messages compromettants. La pensée qu'un de ses collègues avait pu se rendre coupable d'un tel crime était odieuse à Ti, qui avait pourtant connu au cours de sa carrière des cas non moins surprenants de notables adultères, comploteurs et assassins cyniques. Le crime, comme le sexe, transgressait les notions de castes. Ce n'était pas la moindre désillusion apportée par sa pratique de la magistrature dans les villes de province. Le juge Ti soupira à l'idée que sa vie n'était décidément qu'une suite d'idéaux brisés.

V

Une enquête commence ; elle s'achève.

En leur apportant le riz du matin, les serviteurs informèrent les six invités qu'une réponse du préfet venait d'arriver par porteur spécial. Mei Haodi, à qui elle était adressée, leur suggéra de se réunir dans la salle des banquets. Sa collation à peine terminée, chacun d'eux revêtit une robe digne de la tragédie qui les frappait, mais non ostentatoire, et surtout pas blanche, couleur du deuil, afin de ne pas éveiller les soupçons du personnel. Puis ils descendirent au rez-de-chaussée.

Malgré l'air de gravité qu'il affectait, le vieux Mei était visiblement ravi de l'importance que lui conféraient enfin ses qualités de doyen et de scribe délégué. Il déploya le rouleau estampillé du sceau préfectoral et lut à voix haute le message de Son Excellence, à qui il avait résumé en quelques mots la situation. Le préfet leur faisait part de son immense tristesse à l'annonce de cette disparition. Il chargeait l'ensemble des six juges de mener une enquête discrète en attendant son retour. Surtout, il laissait entendre qu'il donnerait sa préférence à celui qui résoudrait l'affaire ; ou, plus exactement, « qu'il [*lui*] serait décemment impossible de refuser [*sa*] recommandation à un si brillant fonctionnaire pour occuper le poste laissé vacant par le décès inopiné du regretté Tan Jinxuan ».

– C'est un signe du ciel, dit le lettré Shang, comme si le poste venait de lui être offert sur un plateau.

Ti le jugea bien sûr de lui. Shang n'était pas un imbécile, contrairement à certains, mais sa pratique toute livresque de la magistrature ne le prédisposait guère aux investigations auprès d'êtres de chair et de sang.

Les autres devaient penser à peu près la même chose, chacun pariant mentalement sur ses propres compétences. Ils ébauchèrent les contours d'un accord tacite : celui qui découvrirait le coupable aurait le fauteuil du défunt, les perdants retireraient leur candidature. Il était évident que cette belle unanimité dissimulait la perspective d'une lutte acharnée et sans merci. Lorsque Ti posa une question susceptible de faire progresser son enquête, nul n'ouvrit la bouche pour lui répondre. Perplexe, il réitéra sa demande de renseignement.

– Comment osez-vous nous interroger ! s'indigna Kien Fang-te. Est-ce que je vous en pose, des questions ? Débrouillez-vous comme vous pourrez, mon cher !

Ti se tourna vers son ami Lo, qui ne se montra pas plus solidaire :

– Pardonnez-moi, frère-né-avant-moi, répondit-il d'un air penaud. Vous comprenez que je dois veiller avant tout à mes propres intérêts et à ceux de la cause que je défends.

Ti devina que cette « cause » devait être celle de l'ivresse et des fêtes onéreuses. Depuis un instant, il était devenu l'homme à abattre. On ne lui fournirait plus aucune indication utile. Il pouvait faire son deuil de leur fugitive promesse de coopération.

– Ah, bon ? s'étonna-t-il. Je ne suis plus votre « providence » ? Je suis relevé de l'enquête, alors ?

Dao-Li estima que Ti n'avait qu'à s'en réjouir : leur participation à tous allait lui permettre de se reposer un peu.

– Mais oui, renchérit Shang. Allez donc vous allonger quelques heures, vous avez mauvaise mine.

Ti les trouva odieux.

– Peut-être comptez-vous nous donner des leçons ? le railla Mei Haodi, un rictus d'amertume plissant ses joues. Je suppose que vous allez commencer par grimper sur les toits. Puis vous irez vous battre dans la boue des faubourgs avec quelques ruffians mal dégrossis, et vous terminerez en interrogeant les prostituées d'un bordel de bas étage. N'est-ce pas ainsi que vous en usez d'habitude, honorable monte-en-l'air ? Vos méthodes, appelons-les ainsi, sont connues de tous.

– Certains, en haut lieu, estiment que seul le résultat compte, qu'importent les moyens, renchérit Dao-Li. Pour ma part, je pense qu'un magistrat qui se commet dans les bas-fonds et fait alliance avec des bandits nuit davantage au prestige de notre caste qu'il n'apporte à l'ordre public. Il faut garder le sens des priorités, ne croyez-vous pas ?

– Quelle brillante tirade ! applaudit Kien Fang-te. Bravo, cher confrère ! Cela dit sans vouloir vous offenser, Ti.

Ce dernier se demandait s'il avait jamais connu pire nid de vipères. Il regrettait les bouges et les malfrats auxquels il venait d'être fait allusion. Au moins l'animosité des petits truands était-elle franche et nette.

Il ressentait une forte envie de leur dispenser une démonstration de ses talents de combattant si utiles dans les situations périlleuses. Le très noble Dao-Li ne s'était sans doute jamais servi de ses pieds pour résoudre une énigme. Il ignorait qu'un bon coup de talon dans le ventre d'un trafiquant d'or valait parfois mieux qu'un long interrogatoire compassé dans l'enceinte d'un tribunal. Mais cela, le très noble Dao-Li était incapable de le comprendre.

– Je mets ma fierté en dessous des devoirs que je dois au Fils du Ciel et au peuple chinois, répondit simplement le juge Ti.

Mais ses confrères ne l'écoutaient plus. Chacun était absorbé dans le choix de la piste à suivre pour débuter son enquête. Ti songea qu'il allait être témoin de leur manière de faire, ce qui ne risquait pas de manquer d'intérêt.

Shang, en bon spécialiste des bibliothèques, annonça d'emblée son intention de se plonger dans les archives du tribunal. Sans doute voulait-il étudier les sentences prononcées par Tan durant sa mandature, afin de voir si un condamné ou l'un de ses parents n'avait pas souhaité tirer vengeance d'un jugement trop sévère.

Le fils du comte de Pou ne souhaitait pas salir le bas de sa robe en allant côtoyer la plèbe locale – si tant est qu'il y en eût une dans cette ville. Dao-Li s'en fut à la recherche du majordome pour se faire indiquer les citoyens dignes d'être interrogés par lui, qu'ils aient ou non quelque chose à lui apprendre.

Le beau Kien partit soutirer des potins au personnel féminin. Le juge Ti estima que cette méthode présentait plus de chances de produire un petit bâtard que de mener à l'interpellation d'un assassin.

Ti, pour sa part, décida d'aller marcher en ville, peut-être davantage afin de fuir l'atmosphère délétère de la résidence que pour les nécessités de son enquête. Dans le vestibule, il rencontra le majordome. C'était l'occasion de lui poser quelques questions avant que ses collègues ne gâtent le terrain.

– À votre connaissance, feu M. Tan avait-il des ennemis ? demanda-t-il.

– Non, répondit l'homme sans qu'aucune expression vienne animer ses traits de serviteur modèle.

– Des relations coupables ? Des affinités inattendues ?

– Non.

– Recevait-il habituellement, à des heures indues, des hommes, des femmes ?

– Non.

C'était monsieur « Non ». En comparaison, ses confrères étaient des parangons de volubilité.

– Lui connaissait-on des vices cachés ? insista le juge Ti.

– Grands dieux, non ! s'exclama le majordome qui, visiblement, se demandait ce que lui voulait ce magistrat avec ses insinuations dégoûtantes.

Il semblait penser que les juges des autres districts n'en usaient pas du tout comme celui de leur belle et impeccable cité, qui ne laissait jamais échapper la moindre allusion grossière ou scabreuse. Il n'y avait rien à tirer de cette porte de prison à barbiche. Après lui avoir extorqué le nom et l'adresse du médecin qui suivait habituellement le magistrat, Ti le planta dans le vestibule, raide comme une allégorie de l'indignation, et sortit respirer à l'air libre avec l'espoir de dénicher des témoins plus coopératifs.

Rien n'avait changé dans les rues de Pien-fou. Les

boutiquiers dépliaient leurs éventaires, les badauds prenaient le frais à l'ombre des tonnelles, les ménagères balayaient le seuil de leur demeure. Nul signe d'inquiétude ou de palabres. Rien n'avait transpiré du drame qui s'était joué durant la nuit. Ti se demanda d'ailleurs si un quelconque événement pouvait entamer la sérénité minérale de cette cité. Si les barbares s'emparaient du pays, combien de temps les habitants de Pien-fou mettraient-ils à les convertir aux bienfaits de leurs cures phosphorées ?

Quelques rues plus loin, il entra chez un grainetier pour se faire indiquer la maison du médecin. Près d'une des innombrables fontaines était suspendue une enseigne rutilante, ornée de symboles de longue vie, indiquant également que le praticien était spécialisé dans les maladies de poitrine. Titulaire de la clientèle du magistrat, cet homme devait être un médecin en vue, voire renommé, peut-être même compétent. Le juge Ti pénétra dans une officine pleine de pots et de bocaux, où des bouquets d'herbes sèches pendaient du plafond entre diverses pattes d'animaux, hippocampes déshydratés, verges de babouins et autres articles anatomiques plus ou moins identifiables.

Un gong attendait sur une table. Le juge en frappa un coup pour signaler sa présence. Un petit homme voûté sortit bientôt de derrière un paravent. Ti expliqua qu'il était envoyé par son confrère Tan pour une simple visite de contrôle. Il désirait profiter de son séjour dans cette ville d'eaux pour se rassurer quant à ses perspectives de longévité.

– Votre Excellence fait trop d'honneur à mon faible talent ! dit le médecin, ravi, en s'inclinant.

Il lui demanda s'il dormait bien, s'il éprouvait des lourdeurs pendant la digestion et de quelle nature étaient ses selles. Puis le juge Ti eut le privilège de se faire palper l'abdomen à travers sa tunique. C'était le moment de faire subir à l'homme de l'art un habile interrogatoire.

– Ce qui m'a convaincu de venir vous voir, c'est que mon cher confrère semble jouir grâce à vos soins d'une santé radieuse. Sans doute profite-t-il abondamment de vos traitements ?

– Non, très peu, au contraire, répondit le petit homme, flatté. Sa force vitale est excellente. J'éprouve un grand plaisir à ne pas le traiter.

– Vraiment ? Pas même quelques maux de poitrine ? Un peu de fatigue morale, liée aux charges de sa profession, peut-être ?

Le médecin répondit que le « père et mère du peuple » de Pien-fou n'avait jamais eu besoin de ses services pour ces questions. Il ne faisait usage que de fortifiants, poudre de mollusques et bois de cerfs pilés, destinés à soutenir les obligations qu'il devait à ses épouses et concubines, une pratique fort répandue chez les sujets de l'Empire :

– Notre bon juge est à l'image de notre belle cité : serein, toujours égal à lui-même et en parfait état de fonctionnement. Il fait partie de ces patients qui sont pour ainsi dire de vivantes réclames pour leur médecin.

Il prescrivit au juge Ti un léger laxatif censé le maintenir en pleine forme, que le patient se promit de jeter au ruisseau dès qu'il aurait mis le pied dehors.

– À vrai dire, confessa le médecin, l'eau bénéfique de nos sources suffit à conserver la santé à ceux qui en font un usage régulier.

Le juge Ti garda pour lui son opinion sur la question.

– Il doit bien survenir tout de même de temps à

autre des décès, parmi tous ces voyageurs qui affluent chez vous dans l'espoir de trouver la guérison. Où les met-on quand cela se produit ?

Le médecin lui indiqua l'emplacement du temple réservé à cet usage. Ti déposa sur une table quelques ligatures[1] de sapèques en quantité généreuse – ce n'était pas le moment d'avoir l'air d'un rat –, remercia des bons conseils que l'on venait de lui prodiguer et quitta l'officine avec la ferme intention de n'en suivre aucun.

En passant devant une ruelle, il aperçut le vieux Mei en train de parlementer avec des gamins du quartier, mal vêtus et les pieds nus. Ceux-ci désignèrent du doigt la devanture d'une poissonnerie. Il vit alors son collègue sortir des piécettes de ses manches. Il y allait visiblement à l'économie, récompensant chichement ses sources de renseignements. À la mine dépitée de ses interlocuteurs, Ti déduisit que les informations tarderaient à se réitérer.

Un large écriteau lui apprit bientôt, en lettres argentées sur fond bleu, qu'il se trouvait devant le temple de l'Harmonie et de la Sérénité réunies. C'était une agence du culte taoïste, souvent spécialisé dans les entours de la mort – sans doute grâce à un commerce d'indulgences post mortem très développé, propre à séduire le commun des mortels.

Ti pénétra dans une vaste pièce sombre, empestée de cire et d'encens. On en avait fait l'entrepôt des curistes n'ayant pas survécu au traitement aquatique forcené. Pour se donner une contenance, il fit mine d'allumer un bâtonnet devant une statue grimaçante, peinte en rouge, particulièrement curieuse à contempler.

1. Les pièces de monnaie étaient percées d'un trou et enfilées sur une cordelette.

Devant l'autel principal reposait un cercueil de facture simple, du genre utilisé pour les cadavres dont on craint que nul ne vienne les réclamer. En l'occurrence, on avait commis une petite maladresse : le mort, qui était venu seul à Pien-fou, avait dans la région une tante qui s'était dérangée pour venir le pleurer sur place. La dame pénétra d'un pas vif dans la grande salle, suivie de deux bonzes fort ennuyés.

– C'est tout de même scandaleux ! s'écria-t-elle. Je viens me recueillir sur la dépouille de mon neveu, et l'on me fait réciter des prières devant une boîte vide !

Les moines répondirent qu'il avait dû se produire une erreur dans le classement des chères dépouilles. Si elle voulait bien revenir le lendemain matin, cet incident serait réparé. Ils lui offrirent le remboursement des prières qu'elle avait commandées pour l'âme du défunt et une réduction sur le prix de l'incinération rituelle.

Le juge Ti fit mine de s'absorber dans la méditation tandis qu'un moine s'approchait de lui avec des airs de chat guettant une souris boiteuse :

– Puis-je quelque chose pour notre honorable visiteur ? demanda le religieux avec une douceur exagérée qui pouvait aussi bien tenir de la sainteté que de la stratégie commerciale.

Ti répondit que toutes ses questions venaient par bonheur de trouver leur réponse.

– C'est un fréquent effet des bontés de Jin-sué, la grande déesse des secrets ! s'extasia le moine avec un large sourire, tout en désignant l'effigie cramoisie.

« Ah, c'est donc une femme », conclut intérieurement le juge Ti en regardant la statue d'un œil neuf. Il s'inclina avec politesse devant le bonze, déposa une modeste offrande dans une coupelle de cuivre, et quitta le sanctuaire en songeant que Confucius apportait lui aussi des réponses sans réclamer pour autant d'être exposé sous des aspects grotesques ni d'être rétribué pour ses largesses.

Sur le chemin du retour, Ti aperçut Lo à l'intérieur d'un débit de boissons. Sa méthode d'investigation personnelle consistait apparemment à surveiller les aubergistes servant le meilleur vin autour du yamen.

Le parc du palais contenait plusieurs kiosques permettant aux hôtes de profiter de la fraîcheur des jardins. Les petits, comme on en trouvait dans toutes les résidences de personnes fortunées, servaient à prendre le thé ou à faire la sieste. D'autres, plus grands, étaient utilisés pour des soupers fins entre convives triés sur le volet. Là se tenaient les soirées dont le magistrat gratifiait les notables de Pien-fou les mieux en cour, ceux dont le versement de l'impôt était à jour, ou les voyageurs éminents dont il désirait faire la connaissance.

Sur l'étang, de petits hérons traquaient la grenouille au milieu des lotus. Il aperçut le majordome, autre sorte d'échassier, qui se faufilait entre les buissons avec des airs de conspirateur. Il avait les bras chargés de plats, avec lesquels il disparut au fond du parc. Intrigué, le juge Ti décida de se faire servir à déjeuner à l'ombre d'une de ces gloriettes. À travers le croisillon de la claustra, il suivrait parfaitement les allées et venues du personnel, sans être lui-même remarqué.

Le majordome repassa dans l'autre sens. Ce fut ensuite une jeune servante, une mignonnette dont il avait déjà noté les grâces lors du banquet, qui se dirigea de ce côté, furtive comme une renarde. Elle n'apportait rien. Que venait-elle faire là ? Était-ce une heure de promenade pour le personnel du yamen ?

La jolie personne ne réapparut qu'au bout d'une heure. L'œil exercé du juge releva quelques subtiles différences dans ses vêtements : un peigne ornemental posé de travers sur ses cheveux, une ceinture mal renouée... Après s'être mise à l'aise, la belle avait été obligée de se rajuster sans l'aide d'un miroir. Se cachait-elle dans l'un des kiosques pour profiter d'une sieste interdite ? Une autre hypothèse s'imposa à lui.

Il était inutile d'assister plus longtemps à ce défilé de serviteurs aux airs mystérieux. Ti désirait revoir la chambre du mort. Par chance ses collègues, qui avaient bien dû s'y rendre eux aussi, auraient peut-être omis de piétiner quelque indice qui apporterait à ce puzzle la pièce manquante.

Parvenu devant les appartements du magistrat défunt, Ti se souvint qu'il avait prié le majordome d'en fermer la porte à clé. Il s'apprêtait à partir à la recherche du brave homme, lorsqu'une intuition lui commanda de pousser le battant à tout hasard. À sa grande surprise, la serrure n'était pas verrouillée. Le majordome n'était pas homme à discuter les ordres ; la seule explication plausible était qu'un ou plusieurs serviteurs s'étaient rendus dans cette aile pour des raisons de service – mais lesquelles ? – et que l'un d'eux, emporté par les habitudes, avait oublié de refermer derrière lui. Qu'avait-on bien pu envoyer chercher dans cet endroit morbide ?

Le cadavre, allongé sur le sol du boudoir ainsi qu'il l'avait ordonné, avait été proprement enveloppé d'une toile huilée, doublée d'une natte nouée aux deux extrémités par un cordon de soie tressée trop luxueux pour cet usage. C'était net comme un article de magasin prêt à être livré. Cet objet désuet de la mort évoquait une marionnette de théâtre emballée avec soin entre deux représentations.

Ti alla jeter un coup d'œil à la chambre. Contrairement à ses espérances, la lumière du jour ne changeait pas grand-chose au spectacle qui s'offrait à lui. Rien de brisé, rien d'abîmé. Une fenêtre ouverte, deux potiches renversées, une feuille de papier arrachée d'un cahier, un début de lettre au préfet... Si cela avait été un tableau, l'œuvre aurait possédé la simplicité d'une épure de maître.

Il s'assit dans le fauteuil du mort et tortilla les poils de sa moustache tandis qu'il compulsait mentalement les divers éléments récoltés durant cette journée. Il éprouva soudain une bouffée de colère. Vraiment, c'était trop fort ! On ne pouvait se moquer des gens à ce point-là ! Il se sentait ulcéré qu'on ait pu penser qu'il mettrait plus de vingt-quatre heures pour découvrir la solution.

Puis il éclata de rire. Son enquête venait de s'achever.

VI

Un mort est retrouvé ; il récidive.

Le juge Ti descendit les escaliers du yamen en ruminant ce qu'il avait retenu des événements récents : « Un corps est retrouvé à la verticale d'une des fenêtres du magistrat. Il porte une robe de magistrat. On en déduit donc que c'est le magistrat. On croirait un exercice scolaire pour juge débutant, une plaisanterie d'étudiants ! »

Il comprenait à présent pourquoi il avait été convié à Pien-fou alors qu'il ne briguait nullement la place vacante. Le préfet l'avait choisi pour être le point de repère d'un concours obscène, à cause de sa réputation d'enquêteur rapide et efficace. Il ne déplaisait pas à ce haut fonctionnaire d'humilier un peu ses subordonnés, peut-être aussi de les motiver en leur montrant comment travaillait un fin limier. Ce préfet était un gros pervers méprisant. Ils avaient tous été les pions d'un jeu puéril et de mauvais goût, lui le premier.

À présent qu'il avait remporté la timbale, il décida de s'amuser un peu. Il allait tricher. Tan et le préfet s'étaient moqués de lui, il allait se moquer d'eux, détourner le jeu. Il partit à la recherche de son ami Lo. Le brave homme ne devait pas être très difficile à dénicher. Il était encore trop tôt pour une « enquête » chez les petites femmes de la maison de rendez-vous ; sans doute devait-il poursuivre ses investigations, compte tenu de la chaleur, à l'intérieur d'un quelconque estaminet pas trop éloigné du tribunal.

Il le trouva effectivement attablé, le pinceau à la main, sous une vigne vierge, équipé pour noter les détails de ses recherches, si ce n'est que sa tête reposait sur ses bras croisés et que sa poitrine se soulevait avec une régularité de clepsydre.

Ti s'assit en face de lui et tapota son épaule pour le réveiller. Lo leva mollement la tête. Apercevant son confrère, il se hâta de changer de position.

– Je vois que vous étiez en train de méditer sur notre affaire, dit Ti. Avez-vous résolu le problème ?

– J'ai avancé à grands pas... répondit Lo d'une voix pâteuse. Quoique je ne sois pas encore parvenu à un résultat tout à fait satisfaisant. Je reprenais des forces avant de poursuivre. Il fait terriblement chaud, ne trouvez-vous pas ?

Ti se demanda si cette « récupération » désignait la beuverie à laquelle il s'était livré ou la sieste qui l'avait suivie. Il se pencha en avant et parla à voix assez basse pour n'être entendu que de son interlocuteur :

– Je crois pouvoir apporter quelques éléments à votre réflexion, si vous voulez bien m'accorder un instant d'attention.

Lo le remercia de sa générosité, tout en regrettant intérieurement la mesquinerie dont lui-même avait fait preuve le matin même. Il ouvrit toutes grandes ses oreilles pour recevoir les précieux renseignements. Ce qu'il entendit manqua le faire tomber de sa chaise.

– Je prétends que Tan n'est pas mort. Peut-être le préfet n'a-t-il même pas quitté sa résidence pour obéir à cette prétendue convocation militaire si opportune. Tout cela n'est qu'une mascarade, une pièce dont le yamen est le théâtre, et qui fut jouée à notre seul usage.

– Vous avez bu ? lui demanda Lo avec un air de soupçon, ce qui, en l'occurrence, était un comble. Nous avons tous vu le corps défenestré de notre malheureux ami ! Voudriez-vous me faire croire qu'il s'est relevé après notre départ ? Qu'il a remis en place ses membres désarticulés, redonné forme à son crâne aplati ? J'avais entendu dire que vos méthodes étaient farfelues, mais j'ignorais que vos conclusions pouvaient l'être aussi !

Le juge Ti respira profondément. Il lui fallut rassembler tous ses restes d'amour pour une humanité peu gâtée par l'intelligence, afin de persévérer dans sa bonne action.

– Justement, reprit-il comme on parle à un enfant pas très vif : le visage était trop abîmé pour être réellement identifiable. Cela pouvait être n'importe quel homme d'un âge et d'un gabarit équivalents. *C'était* n'importe quel homme, à qui l'on avait fait endosser la robe que portait notre hôte un peu plus tôt ! L'heure tardive, le réveil en sursaut, l'obscurité ont fait le reste !

Lo l'écoutait à présent bouche bée.

– Pourquoi croyez-vous que personne n'ait entendu crier lors de la chute ? poursuivit Ti. Quel est l'homme qui tombe de cette hauteur sans pousser la moindre plainte ? L'individu qu'on nous a montré était déjà mort au moment de la défenestration. Je suis en mesure d'affirmer que l'on a utilisé la dépouille mortelle d'un autre individu, bien que ce ne soit pas d'un goût parfait. Les moines d'ici sont prêts à toutes les compromissions avec le pouvoir pour favoriser leur lucratif petit commerce funéraire.

Lo l'écoutait en ouvrant des yeux de plus en plus ronds.

– Mais... pourquoi ? bredouilla-t-il.

Le juge Ti renvoya le serveur qui s'approchait et se servit lui-même une rasade de vin qu'il engloutit d'un trait.

– Ce meurtre n'a été qu'un stratagème déplorable, expliqua-t-il, une sorte d'examen pour définir qui de nous était le plus apte à recevoir cette affectation trop convoitée.

– On s'est joué de nous ! s'écria Lo.

Le juge Ti se dit qu'il suffisait d'insister pour que l'esprit vienne aux bêtes. Lo était abattu, comme si l'on venait de lui apprendre que son gynécée tout entier le trompait avec la garnison locale. Redressant soudain la tête, il s'étonna qu'ayant résolu l'énigme son compagnon, quels qu'aient été les liens d'amitié les unissant, lui fit cadeau de la solution. Il arborait la moue dubitative d'un poulet à qui l'on propose de venir visiter les cuisines d'un restaurant la veille du Jour de l'an.

Le juge Ti s'avachit sur son siège et poussa un profond soupir.

– Me voyez-vous dans ce décor pour illustration de conte de fées ? Que deviendrais-je ? Il me faut de l'animation, des conflits, de beaux crimes, des meurtres bien sanglants, bien crapuleux. Je le confesse, frère-né-après-moi, je ne suis pas fait pour une vie tranquille. C'est la raison pour laquelle j'ai quitté le poste que j'occupais aux archives impériales : c'était cela ou périr d'ennui. Or je n'ai pas abandonné les délices de la capitale pour venir enflammer mes sens dans une cité qui n'offre rien de consistant à ma sagacité – à part aujourd'hui, mais je ne peux guère escompter qu'on me concoctera un meurtre de toutes pièces tous les vingt-cinq du mois. Je vous ai confié la clé de l'énigme parce que le tribunal de Pien-fou vous conviendra beaucoup mieux qu'à moi.

Après l'avoir remercié chaleureusement, les larmes aux yeux, Lo conclut qu'il ne restait qu'à mettre la main sur le faussaire.

– Oh, ne vous donnez pas cette peine, répondit le juge Ti. Tan se cache dans une maisonnette au fond de son propre parc. Je vous y mènerai tout à l'heure. Mais à présent laissez-moi commander de quoi boire à ma défaite. Qu'est-ce qui vous plairait ?

– Ce que vous voudrez, sauf une eau minérale, répondit son collègue en passant la langue sur ses lèvres déjà sèches.

Un peu plus tard, le juge Ti, qui avait joué avec le feu, parvint à éluder le troisième toast. Il entraîna son compagnon dans les jardins avant de voir ce dernier perdre les dernières étincelles de lucidité nécessaires à l'emploi qu'il comptait faire de lui.

Massifs et arbustes du yamen étaient baignés par la lumière plus douce des fins d'après-midi. Ils ne rencontrèrent aucun de leurs collègues, sans doute accaparés par leurs enquêtes respectives. Le juge Ti n'eut pas de mal à revenir sur les pas qu'il avait faits avant son déjeuner. À l'extrémité du parc, un peu à l'écart, se dressait un élégant pavillon aux volets entrouverts. On pouvait croire qu'une personne se dissimulait à l'intérieur sans vouloir pour autant se trouver plongée dans le noir.

– C'est ici, selon toute vraisemblance, dit Ti. Allez

lui faire la surprise. À mon avis, il va être étonné de vous voir !

La remarque parut vexer quelque peu le gros magistrat Lo. Tout bien réfléchi, se prêter à cette mystification était peu flatteur. Mais, après tout, on n'en avait pas usé autrement à son égard. De toute façon, la perspective de siéger à Pien-fou, site idéal pour des joutes poétiques d'un éclat sans pareil, lui aurait fait endurer sans fléchir les pires insultes. Il tâcha d'évaluer à vue de nez à combien pouvait s'élever le budget culturel d'une ville de bains aussi prospère.

– Haut les cœurs ! l'encouragea son compagnon avec une petite bourrade dans le dos.

Le poète aviné gravit les huit marches du perron et frappa à la porte ajourée qui fermait l'édicule. Ti le vit pousser le battant et entrer. « Et voilà, songea-t-il. Une affaire terminée, une bonne action accomplie, une vengeance perpétrée, et tout cela d'un seul mouvement ! J'aurais dû me spécialiser dans la stratégie du jeu de go, j'aurais gagné des fortunes ! » L'idée de tromper Tan et le préfet l'amusait infiniment. Il les avait pris à leur propre piège. Ils avaient voulu sélectionner le meilleur enquêteur, et plus encore se moquer de tous les autres ; Ti leur jetait dans les bras un gros esthète alcoolique, incapable de la moindre finesse policière. Il se rendit compte que c'était finalement lui-même qui avait accordé le poste de Pien-fou et se mit à sourire dans sa barbe.

La vision d'un Lo redescendant les marches en titubant coupa court à cet exercice d'autocongratulation. « Ma parole, il est plus soûl que je n'avais cru », pensa Ti. Déjà il regrettait ses largesses, dont ce lamentable individu se rendait indigne. Qui croirait jamais qu'un tel pochetron avait résolu aussi vite une énigme réservée à un esprit aussi acéré que le sien ?

Lo était livide.

– Il est mort, annonça-t-il.

– Mais non, il fait semblant. Je constate avec tristesse que vous n'avez rien compris, Lo ! Il faut m'écouter quand je parle.

Lo s'assit sur une pierre.

– C'est vous qui ne comprenez pas. Je vous dis qu'il est mort. Tan est mort. Ce qui s'appelle mort. Allez voir vous-même.

Le juge Ti leva les yeux au ciel.

– Il faut vraiment cesser de boire, Lo. Votre qualité de poète n'excuse pas tout.

– Je vous dis qu'il est *de nouveau* mort, et ce n'est pas de la poésie.

Ti pénétra à son tour dans le pavillon. L'atmosphère y était étouffante. Lorsque ses yeux se furent accoutumés à la différence de clarté, il découvrit une pièce joliment meublée où l'on avait disposé plusieurs sofas garnis d'épais coussins ; un décor parfait pour des siestes crapuleuses. Un élément détonnait dans cette ambiance élégante et confortable : un homme immobile était suspendu à quelques pieds du sol. Cette fois, Tan gisait au bout d'une longue corde enroulée autour d'une poutre de la charpente. « Cela devient une manie », songea le juge Ti en contemplant le tableau. Il hésita entre s'exclamer : « Descendez de là, vous êtes ridicule », et tâter le corps pour voir si l'on n'avait pas fait une nouvelle razzia à la morgue de l'Harmonie et de la Sérénité réunies.

Un rapide examen lui confirma que c'était bien Tan qui pendait là, et qu'il ne respirait plus depuis un bon moment. Dur constat que d'avoir sous les yeux un défunt sur la survie de qui s'appuyait une minute plus tôt la plus belle théorie de la semaine. Ti ne savait plus s'il était surpris de ce rebondissement ou déçu d'être contredit dans ses conclusions pourtant brillantes.

Il jeta un coup d'œil par les volets entrouverts. Lo se remettait lentement, toujours assis sur sa pierre. Il s'épongeait le front avec le bas de ses longues manches brodées. Ti en profita pour explorer les lieux. On avait réuni là tout le nécessaire pour y passer deux ou trois jours dans des conditions pas trop désagréables : des livres, de quoi écrire, une théière à présent froide et un damier sur lequel une partie avait été entamée.

– Il faut prévenir les autres, dit Lo, qui se tenait à présent sur le seuil sans oser entrer une seconde fois. Nous devons leur révéler la vérité.

Il y avait dans le pavillon un gong ordinairement utilisé pour le service. Ti sortit sur le perron et frappa plusieurs coups très forts à l'aide du petit marteau. Une servante accourut aussitôt. Ti la pria d'aller chercher ses honorables confrères.

Les quatre derniers juges arrivèrent presque en même temps, plus ou moins irrités d'avoir été interrompus dans leurs occupations respectives.

– Croyez-vous que le moment soit bien choisi pour organiser un thé au jardin ? demanda Dao-Li.

– J'ai l'honneur et le devoir de vous annoncer que l'énigme de la mort de Tan est élucidée, répondit le juge Ti. La solution se trouve dans ce pavillon.

– Cela m'étonnerait beaucoup, dit Kien Fang-te. Mon enquête m'a mené aux portes de la ville. Notre assassin a filé la nuit dernière, deux gardes l'ont vu escalader la muraille avec l'agilité d'un singe. Ils sont prêts à déposer au tribunal. Il s'agissait probablement d'un rôdeur à l'affût d'un mauvais coup.

Mei haussa les épaules.

– Selon toute vraisemblance, dit-il, le coupable est un marchand de poissons, et je ne vois pas ce qu'un poissonnier ferait dans un salon de thé du parc.

Shang prit la parole à son tour :

– Permettez-moi de vous contredire, chers frères. Il s'agit d'un complot dont les racines remontent jusqu'à la Cour. Je ne vous en dis pas plus : secret d'État. Comprenez-moi à demi-mot.

Ti les invita à entrer voir par eux-mêmes. Les quatre hommes pénétrèrent dans le kiosque. On entendit bientôt un cri d'horreur. Kien Fang-te réapparut, furieux :

– Vous êtes fou, ma parole, de jouer ainsi avec le corps d'un magistrat ! Beau-papa sera furieux quand il l'apprendra ! Oser accrocher en l'air le cadavre de notre malheureux frère !

Dao-Li sortit à son tour. Il s'agrippait à la rambarde, en proie à un léger malaise.

– Taisez-vous donc, parvint-il à articuler : ce corps n'est pas le même que celui d'hier soir, on voit bien qu'il n'est jamais passé par une fenêtre. Son visage est en parfait état.

Lo se chargea d'expliquer la situation : Tan avait fait semblant d'être mort, et finalement il était mort. Le vieux Mei n'hésita pas un instant sur l'origine de ce raisonnement bizarre.

– Je savais que les choses allaient être compliquées avec vous, Ti, dit-il en désignant celui-ci d'un geste plein de reproche. Quand vous êtes là, les accidents deviennent des suicides, les suicides, des meurtres, et les crimes se transforment en complots labyrinthiques.

Ti leur raconta en quelques mots la farce macabre montée par Tan et le préfet, qui apparemment s'était mal terminée. Lorsqu'ils eurent à peu près digéré la nouvelle, il parut opportun de décrocher le pauvre homme. Il seyait peu à la dignité de leur état que l'un des leurs se mût en petits cercles concentriques, suspendu à une poutre.

– Je vais dénouer ce foulard, dit Shang.

Le mot « foulard » frappa l'oreille du juge Ti. À y regarder de plus près, il vit qu'en effet le pendu était soutenu par une longue pièce de tissu entortillée, peut-être un rideau comme ceux utilisés aux fenêtres du yamen. Le lettré tira sur l'extrémité de cette corde improvisée et le nœud se défit d'un coup. Le défunt s'effondra entre les bras de Dao-Li et de Lo, qui chancelèrent sous son poids.

– Attrapez-le, voyons ! dit Dao-Li avec irritation. Je ne suis pas un portefaix !

– Parce que moi oui ? glapit Lo en faisant son possible pour ne pas verser sur le tapis avec le cadavre. Si nos honorables frères voulaient bien nous aider un peu...

Mei et Kien les regardaient, bras croisés, peu enclins à se fatiguer ou à froisser leurs beaux vêtements. Ti était absorbé dans la contemplation de son rideau dénoué. Ils déposèrent Tan sur l'un des sofas en tâchant de lui donner une attitude à peu près naturelle. La main gauche du mort traînait de manière lamentable. Lo la ramena sur la poitrine et ajusta les coussins, comme s'il avait simplement été en train de faire la sieste. Avec ses yeux clos, cela lui donnait une allure plus rassurante. Le juge Ti songea que ses collègues n'avaient décidément rien de plus cher que leur confort moral, comme le démontrait une nouvelle fois leur attention à ce genre de détails désuets.

– Je vais chercher le contrôleur des décès, dit Mei, mi-agacé, mi-résigné.

– Pas question ! s'exclama Shang. Quelle idée saugrenue !

Mei rétorqua que c'était la consigne en cas de trépas suspect, et celui-ci l'était on ne peut plus.

– Nous ne pouvons faire appel à une personne extérieure tant que nous n'aurons pas décidé si « l'accident » doit être rendu public, renchérit Dao-Li. Ne commettons aucun acte précipité. Ceci n'est pas une affaire ordinaire. Il semble qu'on ait assassiné notre hôte pour ainsi dire sous notre nez, et deux fois qui plus est ! Nous risquons d'être la risée de toute la ville ! Que dis-je ? De toute la province !

Ti, qui avait des notions de médecine, proposa d'examiner la dépouille. Les chairs n'étaient pas encore raides, le décès ne devait pas être ancien. Il ôta le bonnet et s'attarda sur le crâne, qu'il palpa longuement à la recherche d'une bosse éventuelle qui aurait témoigné de violences. Puis il se retourna et évalua la distance qui séparait l'emplacement où le cadavre avait été suspendu et celui où le rideau avait été noué au sol.

– Eh bien cette fois c'est un suicide, dit Kien Fang-te. On n'en peut pas douter. Notre ami, honteux du scandaleux stratagème qu'il avait osé mettre en place, a préféré en finir plutôt que d'affronter notre juste colère.

Il regretta l'absence de son beau-père et suggéra que Mei lui écrivît de nouveau sans tarder. Rien ne les retenait plus dans cet endroit morbide. Ils fermèrent soigneusement tous les volets et tirèrent la porte derrière eux.

– C'est un suicide... n'est-ce pas ? dit Lo avec un regard en coin vers le juge Ti.

Ce dernier lissait sa longue barbe d'un air pensif.

– Certes, répondit-il. Sans parler du rideau noué à l'autre bout de la pièce : quand vous m'aurez démontré comment un homme peut s'assommer lui-même et se pendre ensuite, il n'y aura plus aucun doute à ce sujet.

À ces mots, l'ambiance fraîchit autant qu'il était possible.

VII

Le préfet joue les invisibles ; un mystérieux cambrioleur fait des siennes.

De retour au yamen, les juges croisèrent le majordome, qui se dirigeait discrètement vers le jardin, un plateau à la main : les mets qui s'y trouvaient auraient dû sans aucun doute constituer le dîner du pendu.

– Voici le complice ! s'écria Shang Ouchang en pointant un doigt accusateur sur le serviteur. Le fourbe ! Le menteur !

Ce fut comme un vol de corneilles s'abattant sur un champ à peine ensemencé. Le malheureux se vit cerné de magistrats furieux d'avoir été trompés. Ils l'accablèrent sans retenue des innombrables reproches qu'ils ne pouvaient plus faire à feu son patron.

– Nous savons tout ! déclara Dao-Li. À genoux ! Avoue !

Effrayé par cette explosion de colère, le majordome obéit et entama sa justification, la tête humblement baissée vers le sol :

– La misérable personne qui se tient devant vous supplie Vos Excellences de bien vouloir lui pardonner son audace. Je n'ai fait qu'obéir à mon maître. Les explications de l'honorable M. Tan lèveront toute ambiguïté quant à mon rôle dans cette affaire.

– Je crains que cela n'ait jamais lieu, répondit le juge Ti.

Le serviteur duplice restait le principal témoin de l'entourloupe. L'admonestation se changea en interrogatoire et celui-ci en procès de Tan par contumace. Il leur expliqua à mi-voix qu'il avait pour mission de tenir son patron au courant du déroulement chaotique des six enquêtes. Tan attendait tranquillement de voir si l'un d'eux découvrirait sa cachette, ce qu'il avait eu le front de juger peu probable.

– Pas même notre cher Ti ? s'étonna Lo, qui pensait avoir une dette morale envers son généreux confrère. Avec sa réputation d'expert en investigations tordues ? Quelle injustice !

Le fait que Lo sautait sur l'occasion pour le flatter n'échappa nullement au juge Ti. Son collègue prenait une assurance sur l'avenir : sans doute souhaitait-il profiter à nouveau de ses confidences.

– Mon maître, répondit le majordome, très gêné, a cru que l'honorable M. Ti irait enquêter dans les bas-fonds de Pien-fou plutôt qu'au bout du parc. Je dois avouer que l'idée de le voir chercher au diable Vauvert ce qu'il avait sous le nez le réjouissait beaucoup. L'auguste juge Tan est un homme facétieux.

Il apparut qu'en revanche le préfet assistait réellement à une réunion avec l'état-major de la côte du Chan-Tong. Seulement il en avait été informé à l'avance : il savait en convoquant ses subordonnés qu'il allait lui falloir s'éloigner peu après leur arrivée. Cela servait ses plans.

Chaque nouvelle information les accablait un peu plus.

– Comment avez-vous pu mentir à un groupe d'éminents magistrats ? s'indigna Mei Haodi.

La mine contrite du serviteur indiquait clairement qu'ils avaient été comptés pour quotité négligeable par Tan et le préfet ; son expression était le miroir de l'opinion que leur supérieur avait d'eux. Il n'y avait dans ses yeux rien de flatteur à leur endroit.

– Puis-je vous demander humblement où se trouve en ce moment l'honorable M. Tan ? s'enquit le majordome, qui en avait assez de subir seul les foudres des magistrats.

Il fallut bien lui apprendre que ce dernier avait trépassé dans sa cachette, sans qu'on puisse guère espérer cette fois de rémission. Le majordome eut l'air catastrophé. Il se couvrit le visage des deux mains et posa le front contre le dallage :

– Ce n'est pas possible ! Un tel drame ? Ici, chez nous ? Quelle honte pour notre maison !

– Ah, on fait moins le malin, hein ! dit Kien. À force de crier au feu...

– Ne vous éloignez pas de la résidence, ordonna Dao-Li. Vous pourriez très bien être inculpé pour complicité de meurtre ! Vous restez l'unique responsable de cette injure faite à notre dignité. Enfin je l'espère...

Le domestique parut plus embarrassé que jamais.

– Dois-je comprendre que vous n'êtes pas le seul au courant ? s'enquit le juge Ti avec une soudaine inquiétude.

Son interlocuteur ne releva pas la tête.

– Combien d'autres personnes sont dans la confidence ? Une ? Deux ?

Le serviteur n'osait répondre. Son silence n'était pas de bon augure.

– Davantage ? Pas le personnel tout entier, quand même ?

Le majordome frappa le dallage de son front en implorant leur clémence. Les juges se sentirent tout à coup plongés dans un univers hostile où le visage le plus anodin dissimulait un comploteur mal intentionné. Avoir été la risée de leurs inférieurs irritait particulièrement leur sentiment de classe, d'autant plus développé qu'ils estimaient appartenir aux castes les plus élevées de l'Empire.

– Nous voilà ravalés plus bas que terre, gémit Shang, qui exprimait assez bien l'impression générale. Tant d'études brillantes pour en arriver là ! Notre honneur est entaché pour les trois générations à venir !

Nonobstant cette petite exagération, le juge Ti estimait que la nouvelle était assurément contrariante. Ils tombèrent d'accord sur le principe que la supercherie dont ils avaient été victimes ne devait à aucun prix franchir les murs de cette demeure tant qu'ils n'auraient aucun coupable sur qui rejeter l'opprobre public. Mei suggéra de terroriser le personnel pour l'empêcher de parler. Il était visiblement familier de ce genre d'exercice : il proposa de réunir tous les domestiques dans le prétoire et de les menacer d'une lourde condamnation, assortie d'un nombre indéterminé de coups de fouet si l'information se répandait sans autorisation. Ce projet, qui souriait à leur susceptibilité, dut pourtant être différé : il convenait de garder un secret absolu sur le décès, au moins jusqu'au retour du préfet.

Ti demanda au majordome à quelle heure il avait vu Tan pour la dernière fois ; c'était à la mi-journée, quand lui-même espionnait depuis le poste d'observation où il s'était installé sous prétexte d'y déguster son riz de midi. Le meurtre n'avait donc pu être commis qu'en début d'après-midi, alors qu'il expliquait ses brillantes théories à Lo sous la vigne vierge du restaurant. Tan n'avait pu être tué que par quelqu'un ayant accès au jardin réservé du palais, ce qui restreignait beaucoup les possibilités. En fait, l'éventail des suspects se limitait au personnel... et aux cinq autres invités. Il pouvait bien sûr s'agir d'une sinistre affaire de jalousie interne à la maison : ainsi qu'il avait pu le constater, le défunt magistrat ne dédaignait pas lutiner les jeunes servantes. Mais, si l'assassin était au nombre des serviteurs ou des employés du tribunal, pourquoi cet homme aurait-il attendu précisément la visite des magistrats pour commettre son forfait ? C'était le pire moment possible pour un règlement de comptes ! L'intuition du juge Ti et la simple logique s'alliaient pour lui souffler que la piste d'un juge devenu meurtrier par intérêt était beaucoup plus plausible. Se pouvait-il qu'à force de côtoyer les délinquants l'un d'eux soit passé de l'autre côté de la barrière ? Ti était bien placé pour savoir que nul n'était à l'abri d'une tentation criminelle : combien avait-il vu de bons fonctionnaires et de maris dévoués se changer en tueurs parce qu'ils avaient soudain donné la priorité à leurs rêves sur les conventions sociales ? La fausse mort et la réclusion volontaire de Tan avaient pu fournir une intéressante opportunité à celui qui aurait souhaité se débarrasser de lui pour de bon. Si cette hypothèse se confirmait, il fallait chercher le mobile dans l'exercice de ses fonctions publiques ou dans son passé, plutôt que dans les mœurs de la victime.

Le juge Ti se sentit mal à l'aise. Il regrettait ses veuves sanglantes et ses coupeurs de gorges des faubourgs crapuleux, auxquels il était davantage accoutumé. Il avait l'impression de devoir traquer un criminel pour ainsi dire dans sa propre famille, dans son propre clan.

Il en venait presque à espérer que son enquête n'aboutirait jamais.

L'attente du préfet commença. Ils firent servir le thé dans le salon attenant à la salle des banquets. Après le thé vint le dîner.

– Cette situation devient insoutenable, dit Shang Ouchang. Croyez-vous qu'il va bientôt revenir ?

– J'aimerais assez, car j'ai deux mots à lui dire, répondit Dao-Li, la mine presque aussi sombre que son bonnet à oreilles.

– À bien y repenser, dit Kien en rectifiant dans le reflet d'une carafe le lissé pourtant impeccable de sa fine moustache, c'est la première fois que la chance abandonne ce pauvre Tan. La providence a veillé de près sur ses précédentes nominations. Il a toujours été merveilleusement servi par notre hiérarchie. Quelqu'un sait-il quel est exactement le poste qui lui était promis à la Cour ?

– Premier secrétaire du ministre des Cultes, répondit Dao-Li. Je suis bien placé pour le savoir : le ministre est un cousin de ma mère.

– Votre humilité naturelle vous aide certainement à supporter de voir un homme qui n'était pas grand-chose obtenir une sinécure que le cousin de votre mère aurait très bien pu vous attribuer, lança Mei sur un ton lourd de sous-entendus.

– Tout comme la vôtre vous aide à terminer votre carrière dans une ville dégoûtante, minuscule et dépourvue d'éclat, répliqua Dao-Li du tac au tac.

Les deux hommes se cantonnèrent dès lors dans un silence hostile qui ne fit rien pour réchauffer l'atmosphère. « Encore deux heures de ce climat, pensa Ti, et les fauves s'étriperont à pleines dents. »

La réponse du préfet leur parvint dans la soirée. Leur supérieur n'avait rien compris au message envoyé par Mei. Il s'étonnait qu'on l'importunât une *seconde fois* avec la mort de Tan. Il enjoignait très sèchement aux juges de se débrouiller entre eux pour tirer cette affaire au clair sans plus le déranger. La prose de leur doyen avait manqué de précision. Ils étaient revenus à la situation de la veille.

– En un sens, j'aurais été fâché d'avoir enquêté toute une journée pour rien, dit le vieux Mei, songeant probablement aux trois sous que lui avaient coûté les maigres renseignements grappillés auprès des gamins des rues.

– Mais oui, rétorqua Dao-Li. Vous allez pouvoir nous ressortir votre suspect de sa poissonnerie... et vous, Kien, votre histoire d'homme singe qui saute les murailles durant la nuit. Nous voilà bien avancés ! On peut dire que votre enquête fait des sauts de géant !

Ils décidèrent de s'en tenir au statu quo : le personnel devait continuer de croire que Tan était vivant au fond du parc, cela faciliterait les investigations. Le majordome devrait paraître l'alimenter comme si de rien n'était. Ils s'accordaient trois jours pour tenter de donner une solution à cette énigme. C'était un défi comme les aimait le juge Ti : à peu près impossible à relever.

Pour l'heure, il ne restait plus qu'à aller se coucher.

Alors qu'il cherchait le sommeil, Ti songea qu'il avait omis d'aller visiter le bureau de Tan. À présent, cette idée le taraudait jusqu'à l'empêcher de fermer l'œil. Il se leva, alluma une lampe et parcourut les corridors.

La porte du bureau n'était pas verrouillée. Dès l'entrée, force lui fut de constater qu'il n'était pas le premier à avoir projeté cette incursion : la pièce avait été mise à sac. Le contenu des rayonnages gisait sur le tapis. Les coffres en bois étaient grands ouverts. Les boîtes à archives étaient béantes. Les rouleaux de papier, dénoués et dévidés, étaient étalés un peu partout. Le cambrioleur était visiblement à la recherche d'un document précieux qu'il avait eu du mal à trouver. Il n'y avait guère que l'assassin qui ait pu devancer le juge Ti ; or celui-ci n'avait pas quitté ses collègues depuis la constatation du véritable décès. Le cambriolage n'avait donc pu avoir lieu que dans l'après-midi, entre la mort du magistrat et la découverte qu'ils en avaient fait.

Ti jeta un coup d'œil au monceau de papiers épars. Il n'y vit rien d'intéressant. Soit le malfaiteur avait emporté son butin, soit il était reparti bredouille. L'état de la pièce faisait pencher pour cette deuxième hypothèse. La fouille s'était poursuivie un bon moment, elle était devenue frénétique : l'homme avait achevé son exploration affolé ou furieux, peut-être les deux ensemble. Qu'avait-il bien pu chercher de si compromettant qui justifie l'assassinat d'un juge impérial, un crime puni de la mort la plus lente, la plus douloureuse, la plus horrible prévue par le code pénal ? Qui pouvait se jeter dans de tels actes malgré la perspective de voir sa peau découpée en fines lanières par la lame acérée du bourreau, en public, deux ou trois heures durant, avant de pouvoir rendre enfin le dernier soupir ? Un inconscient, un fou, ou un malfaiteur si sûr de ses capacités intellectuelles qu'il avait la certitude de n'être jamais pris.

À cette heure, les portes du palais étaient sévèrement gardées. Seule une personne résidant au yamen avait pu perpétrer ce cambriolage. Les papiers avaient été systématiquement épluchés. C'en était trop. C'était là une affaire de lettrés. Le juge Ti en arriva à la conclusion que non seulement Tan avait été assassiné, mais que l'un des juges était le coupable.

– Eh bien ! Vous avez mis un beau désordre chez Tan ! dit une voix dans son dos.

Lo se tenait sur le seuil du bureau.

– C'est l'assassin qui a fait ça, bougonna Ti. Et je commence à craindre qu'il ne s'agisse de l'un d'entre nous.

– Pourquoi le tuer ? s'étonna Lo. Il avait été muté, sa place était vacante de toute manière !

– Qui vous dit que son meurtre est lié à cette histoire de poste ? dit le juge Ti en glissant ses doigts entre ses poils de barbe. Un meurtre peut avoir mille autres mobiles que l'envie, l'amour ou la vengeance.

– Ah bon ? s'étonna Lo. Voilà qui contredit l'enseignement que nous avons reçu. Envie, amour, vengeance, ce sont les trois axes de toute investigation. Je ne vois pas de quels autres mobiles vous voulez parler.

Le juge Ti soupira : de toute évidence, là se situait précisément le problème de son collègue.

VIII

Une servante ouvre son cœur ; le juge Ti recueille des confidences peu plaisantes.

Ti dormit mal cette nuit-là. Dès son réveil, la même idée l'obsédait à nouveau : il y avait peut-être un meurtrier dans l'une des cinq chambres autour de la sienne. Qu'avait pu apprendre Tan Jinxuan qui ait motivé son assassinat ?

Dans le vestibule, il rencontra Dao-Li, très occupé à retarder le moment de sa sortie :

– Quand je pense, se plaignit-il, que je suis censé courir les rues moi-même, comme un vulgaire... comme vous, Ti.

Ce dernier songea que descendre un peu de son palanquin ferait le plus grand bien à ce fils d'aristocrates élevé dans du coton.

Il se rendit dans la partie du bâtiment où logeait le personnel, curieux de rencontrer la petite servante qu'il avait vue passer la veille dans les jardins. Elle était sans doute la dernière à avoir vu son patron vivant. Il la décrivit succinctement à une cuisinière. Quand il eut précisé que la jeune femme semblait au mieux avec le maître, le visage de la brave dame s'éclaira :

– Ah, Rosée d'Automne ! Dans la cour, là-bas. Elle nourrit la volaille.

La jeune femme était en train de jeter des graines à des canards en cage qui ne tarderaient pas à finir dans leurs assiettes. Elle-même, âgée de vingt ans tout au plus, était très appétissante avec ses petits seins pointant sous sa tunique légère. Ti lui souhaita le bonjour. Elle s'inclina profondément comme il seyait à leur différence de statut social. Ti se sentit soudain mal à l'aise : il n'avait que des questions indiscrètes à lui poser. Il la pria de ne pas interrompre son travail et, tandis qu'elle versait de l'eau dans les auges, réfléchit à une façon diplomatique d'aborder le sujet. Elle ignorait le second décès du magistrat ; il était délicat d'évoquer le thème scabreux de leurs relations intimes, encore tout à fait d'actualité.

– Hum... fit-il. Aimiez-vous bien votre maître, mon enfant ?

Elle répondit que tout le monde aimait le bon M. Tan. Ti se reprocha son angle d'attaque : la réponse allait de soi. Mieux valait jouer franc jeu.

– Je me suis laissé dire que vous entreteniez avec lui des rapports... privilégiés.

La demoiselle retint la poignée de graines qu'elle s'apprêtait à jeter aux oiseaux.

– Votre Excellence ne doit pas croire ce que racontent les méchantes langues, répondit-elle après une hésitation. Je suis une fille honnête.

« Bien, se dit le juge en soupirant intérieurement. Nous faisons du sur-place. »

– Ne mentez pas ! dit-il en fronçant le sourcil. Je suis bien informé. Je sais que vous alliez parfois le retrouver dans ses appartements privés. Je vous demande de me répondre ici, ou bien vous aurez à le faire au tribunal devant mes collègues !

Elle ne devait pas avoir bonne opinion de cette réunion de fonctionnaires, car la perspective d'aller s'expliquer devant eux sur le dallage glacé du prétoire la fit frissonner d'avance.

– Une honnête fille peut avoir quelques faiblesses pour son maître sans perdre son honneur, répondit-elle avec finesse.

Le juge soupira d'aise. Ses confrères faisaient de parfaits épouvantails. Il regretta que cette technique d'intimidation ne soit pas appelée à dépasser les limites de Pien-fou. Quelques questions bien ciblées lui permirent d'apprendre que son interlocutrice était la maîtresse du maître depuis plusieurs mois. Tan avait promis de l'emmener avec lui à la capitale. Profitant de ce que la conversation roulait sur ce sujet délicat, Rosée d'Automne pria le juge Ti de bien vouloir faire comprendre à M. Kien que ses assiduités l'ennuyaient.

Ti s'étonna, non de la déplorable conduite de son collègue, tout à fait dans la façon d'être du bonhomme, mais de la réaction de la jeune femme. Kien Fang-te, outre qu'il était fort séduisant, était tout à fait susceptible de succéder à Tan dans ses faveurs. Il était même envisageable qu'il devienne le nouveau magistrat de Pien-fou, ce qui aurait permis à la jeune femme de monter en grade dans l'administration du yamen. Il fit une allusion à ce sujet.

Elle sourit de la naïveté du magistrat. Il avait beau posséder trois épouses, sa connaissance de l'univers féminin laissait quelque peu à désirer. Elle lui signifia que la triste réputation de coureur du juge Kien lui était parvenue comme à tout un chacun :

– Une fille comme moi n'a rien à attendre d'un tel

personnage. Il me repousserait aussi vite qu'il m'aurait séduite. Ce n'est pas là du tout ce que je recherche. M. Tan s'en tient à un nombre raisonnable de relations charnelles. Il est très correct et sait récompenser l'amitié que j'ai pour lui. M. Kien, avec tout le respect que je lui dois, est un collectionneur. Je ne tiens pas à faire partie de son tableau de chasse.

Ti songea que le défunt s'était montré beaucoup trop raisonnable en tout : il faisait un piètre client pour un enquêteur. Restait à savoir si la jeune fille ne possédait pas par hasard un fiancé jaloux, capable d'accès de violence, ce qui aurait bien arrangé les affaires du juge Ti. Il posa la question par acquit de conscience : il ne pouvait écarter complètement la possibilité d'une histoire de mœurs. Comme il le craignait, Rosée d'Automne n'avait contracté aucun engagement sérieux. C'était son patron qui l'intéressait. Elle avait bien un vague prétendant, un domestique du palais, mais ce garçon était parti à la capitale avec les dames pour aider à leur installation. Autant dire que le nouveau suspect était éloigné de mille verstes au moment des faits.

Ti lui demanda un service : il s'agissait de prier les personnes qui nettoyaient les chambres de prêter attention à un détail, une histoire de rideaux. Elle répondit que les juges avaient en général avec eux au moins un valet qui se chargeait des tâches ménagères. Ceux du yamen n'y auraient d'ailleurs pas suffi. Ils n'avaient donc pas accès aux appartements privés des magistrats durant leur séjour.

Le juge Ti la remercia de sa coopération et la laissa à ses canards. En la quittant, il songea avec quelque regret qu'il n'y avait guère que lui pour adopter une ligne de conduite excluant les amours ancillaires.

Peut-être avait-il pris l'enseignement de Confucius un peu trop au pied de la lettre. La vie était-elle plus amusante quand on s'autorisait de savoureux écarts ? Il se souvint qu'il avait un lieutenant qui l'attendait à ne rien faire dans l'aile des domestiques. Le moment était venu de lui donner de quoi justifier ses émoluments.

Il ne lui fallut pas longtemps pour remettre la main sur Miao Daï. Le robuste gaillard était en train de disputer une exaltante partie d'osselets au poste de garde, dans la cour du tribunal. Le subordonné se leva à son approche et rajusta sa tenue débraillée. Le juge Ti apprit que Miao Daï avait profité de sa journée de liberté pour courir les maisons de bains plus ou moins bien famées dont le massage était la grande spécialité. Les clients confiaient leurs chairs aux mains expertes de femmes opérant selon un éventail de tarifs aussi large que celui des services proposés. En un mot, on pouvait se rouler dans le stupre autant que dans l'eau chaude. Ti en déduisit que les activités balnéaires de la cité se déclinaient sur tous les modes imaginables, au-delà même des limites imposées par la décence. Feu leur hôte avait omis de leur présenter cet aspect des choses lors de sa visite guidée. La ville était moins propre et pure qu'il n'y paraissait ; un relent d'hypocrisie se dissimulait derrière cette vertu de façade. Il comprenait mieux cette affluence de curistes masculins fortunés et libidineux. Mais là n'était pas le point qui l'intéressait. Il interrogea son lieutenant sur l'état d'esprit des domestiques.

– Ils professent le plus grand respect pour Leurs Excellences les magistrats ici présents ! récita Miao Daï comme il aurait décliné son nom et son grade du temps où il était soldat.

Ti se fâcha :

– Fais-moi grâce du discours officiel ! Que pensent-ils vraiment ? Quelles sont les rumeurs qui courent dans les communs ?

Autorisé à se montrer impertinent, Miao Daï répondit sur le même ton qu'il avait employé pour débiter son compliment :

– Ils éprouvent pour eux un mépris absolu. Ils s'en moquent dans leur dos, et la dignité de la fonction de magistrat est totalement annihilée par le spectacle que donnent ces éminents personnages en réunion. M. Mei a les doigts aussi crochus pour retenir les sapèques de ses pourboires que M. Kien les a lestes pour pincer le postérieur des servantes. Quant à M. Dao-Li, il se fait servir par ses propres gens, ce qui irrite au plus haut point le personnel ordinaire du palais.

– Bref, il n'y a guère que moi qui en sorte indemne, conclut le juge Ti.

L'expression du lieutenant n'autorisait aucune certitude sur cette question. Ti le pria de traduire en mots sa moue dubitative.

– Pardonnez-moi, noble juge, mais vous avez la réputation de fureter dans tous les coins et de poser des questions dont l'indiscrétion dépasse l'entendement. Et si l'on ne m'en a pas dit plus, c'est seulement parce que je suis à votre service !

« Voilà ce qui arrive quand on permet aux employés de s'exprimer », se dit le juge Ti. Ce déballage d'injures ne faisait toujours pas son compte.

– Ne court-il pas quelque ragot croustillant sur les événements récents, quelque bruit de couloir qui puisse faire progresser mon enquête ?

Miao Daï se montra beaucoup moins disert dès lors qu'il ne s'agissait plus de cracher sur les magistrats, la grande occupation de la maisonnée. Ti résolut de lui confier une mission, tant pour les besoins de son investigation que pour le soustraire aux tentations dans lesquelles ses loisirs le faisaient sombrer. Comme il s'était installé au poste de garde pour délester les sbires de leur solde par le biais des osselets, il était bien placé pour voir qui entrait et sortait du bâtiment. Son patron lui ordonna de filer le premier juge qu'il verrait quitter le yamen.

Ti se rendit ensuite aux archives du tribunal, où Shang passait le plus clair de son temps. Il n'y avait personne, mais une table était encore chargée de boîtes d'archives ouvertes. Il laissa traîner son regard sur les papiers que Shang – il ne pouvait guère s'agir que de lui, c'était à se demander si leurs autres collègues savaient lire – était en train de consulter. Il était plongé dans un fastidieux rapport sur une vieille affaire d'entente commerciale illicite lorsque Shang posa une main sur son épaule. Le lettré avait l'air fatigué.

– J'ai mal dormi, expliqua-t-il. En plus, ma chambre donne sur le levant, la lumière m'a réveillé dès l'aube.

– C'est fou ce qu'on peut apprendre en compulsant ces dossiers, dit le juge Ti.

Shang approuva avec enthousiasme. Cette paperasserie était son élément. Ti se demanda ce qui avait bien pu le pousser à quitter l'administration centrale pour se confronter aux trivialités de la justice de terrain.

– Méfiez-vous, le prévint-il, à moitié par plaisanterie : ces vieux papiers contiennent peut-être un secret qui a été fatal au magistrat de cette ville. Gardez-vous de connaître le même sort !

– Ce ne sont pas les papiers qui sont dangereux, répondit Shang avec un regard d'amour pour les parchemins écornés et jaunis, c'est la maladresse de ceux qui les manipulent.

Ti eut l'impression à cet instant que Shang avait appris quelque chose d'intéressant.

– Dois-je en déduire que vos recherches ont porté leurs fruits ? demanda-t-il.

Shang, torturé par l'envie de partager sa découverte avec un être qui ne soit pas de papier, lâcha son secret par bribes.

– L'un de nous n'aurait jamais dû devenir juge, confia-t-il à mi-voix. Il n'avait pas la possibilité de passer l'examen impérial.

– Que voulez-vous dire ? L'examen est ouvert à tous ! Chacun est libre de s'y présenter, il suffit d'avoir eu les moyens d'accomplir plusieurs années d'études et d'avoir été reçu aux concours préfectoraux préliminaires.

– Vous oubliez les fils de commerçants, Ti. Vous savez bien que les membres de cette caste méprisée ne sont pas admis dans la fonction publique. Or j'ai appris incidemment, par recoupements, qu'un juge de notre district était parvenu à dissimuler sa véritable origine ! C'est une fraude manifeste !

Il ne fallut pas le pousser beaucoup pour qu'il confesse que ce juge fraudeur était l'un d'eux, sans qu'il acceptât d'en donner le nom. Ti réfléchit : le fils du comte de Pou ne pouvant être soupçonné d'appartenir à une lignée d'épiciers, il ne pouvait donc s'agir que de Lo, Mei ou Kien. Le préfet avait forcément diligenté une enquête approfondie sur la famille de son futur gendre avant de lui accorder sa fille, ce qui excluait Kien. Ti connaissait par ailleurs personnellement le père de Lo, fonctionnaire de la capitale comme son propre géniteur.

– Ainsi donc vous soupçonnez notre ami Mei... conclut-il.

Shang eut l'air surpris.

– Je vois que vos qualités de déduction ne sont pas surfaites, Ti ! Vous m'impressionnez.

Il admit qu'il pensait en effet à Mei Haodi, comme « sa sale mentalité de commerçant le laissait d'ailleurs deviner », délicate allusion aux multiples pingreries et autres tripotages du magistrat. Shang se déclara convaincu que le défunt Tan avait lui aussi découvert ce secret. Mei l'avait su et avait craint que cela n'arrive aux oreilles de la hiérarchie. Il aurait alors encouru la radiation immédiate, voire des poursuites pour usurpation. Certes il était au bord de la retraite, mais son honneur aurait été irrémédiablement terni, et ses efforts d'élévation sociale, réduits à néant. Ce n'était rien de moins qu'une accusation de meurtre à mots couverts, que Shang ne se fit pas prier pour formuler de la façon la plus explicite :

– N'est-ce pas là un motif suffisant pour assassiner son prochain ? Qu'en pensez-vous, Ti, vous qui êtes un as de la déduction ?

L'as de la déduction pensait que ce Shang, sous ses airs de paisible érudit, était un serpent des plus venimeux.

Quoi qu'il en fût, Ti ne pouvait se dissimuler que Mei faisait désormais figure de suspect idéal, étant le seul du lot à posséder un mobile identifié. Il décida de le filer discrètement.

Au passage du poste de garde, il constata que Miao Daï avait abandonné ses osselets, probablement pour quitter la résidence à la suite d'un des juges.

En tournant l'angle d'une rue à la recherche de son collègue, Ti se heurta littéralement à lui : Mei avait fait demi-tour sans crier gare.

– Mei ! s'exclama Ti, confus. Cette ville est-elle donc petite !

Le vieil homme lui jeta un regard suspicieux. Pour se donner une contenance, Ti engagea la conversation sur le sujet qui les occupait tous deux. Le vieux juge ne fut pas long à désigner sa cible du moment. Lo était selon lui perclus de dettes : lui-même était bien placé pour connaître leur montant, ayant des informateurs chez tous les banquiers et prêteurs de la province. Lo ne pouvait espérer s'en tirer qu'en accédant à un poste dans une ville riche où les possibilités de revenus seraient plus substantielles.

– C'est un homme attiré par l'argent ! dit Mei. C'est l'appât du gain qui le motive !

Le juge Ti se dit que l'on prêtait décidément à autrui ses propres obsessions. Selon Mei, Lo avait déjà escompté sa nomination à Pien-fou auprès de ses banquiers. Ses amis les poètes de Cour lui avaient promis qu'il serait nommé. Mais rien n'était moins sûr : Mei savait de bonne source que Tan avait lui aussi son candidat, qu'il s'apprêtait à recommander personnellement dès son arrivée dans la capitale.

Ti s'étonna de le voir si bien informé. Avait-il des antennes sous son bonnet ?

– J'ai simplement une bonne paire d'oreilles et l'ouïe assez fine malgré mon âge, répondit Mei avec un sourire d'hyène.

Son « ouïe fine » avait surpris une conversation au yamen. Au détour d'un couloir – mais on pouvait aussi imaginer que ses oreilles exercées avaient été judicieusement plaquées contre la porte du bureau de leur hôte – il avait entendu Tan promettre à l'un de ses collègues de lui obtenir la place. Il avait guetté pour voir de qui il s'agissait. Mais il n'avait vu que de dos le confrère en question. Ce pouvait être Dao-Li ou Shang, dont les silhouettes se ressemblaient.

– Ce qui est sûr, conclut-il, c'est que Lo avait une bonne raison de souhaiter la disparition de Tan, cet intrigant !

– Vous aussi, dans ce cas, répondit le juge Ti avec détachement.

Mei Haodi prit un air d'humilité qui le fit paraître encore plus matois qu'au naturel.

– Hélas ! soupira-t-il. Mes relations ne s'élèvent pas jusqu'aux cercles de la Cour où de prétendus esthètes se gargarisent à la lecture des vilains vers de notre ami Lo. Il s'est ruiné à les flatter par ses invitations à des réunions littéraires, en réalité autant de prétextes à bâfrer entre faux poètes et vrais alcooliques. Je ne suis qu'un petit magistrat de province, moi ! À quoi puis-je prétendre ?

Se remémorant les attaques de Shang quant aux origines de Mei, le juge Ti lui trouva effectivement la gouaille filoute d'un marchand de tapis. Il le laissa à ses gémissements de vieillard démuni et retourna au yamen. Dans la cour, il trouva Dao-Li Song et Kien Fang-te en conversation « fraternelle ». Une fois le premier parti, Kien leva les bras au ciel.

– Cet homme m'énerve. Chaque fois que l'on veut parler d'érudition littéraire, notre élégant ami use d'une quelconque plaisanterie pour changer de sujet. Enfin, Ti ! Si je vous dis : « Je n'ai jamais rencontré d'homme qui fût capable d'instruire son propre procès », vous me répondez ?

– Confucius, chapitre V, paragraphe 27 dans l'édition officielle.

– Moi aussi ! Et pourtant je ne suis pas le plus savant de ma promotion !

Il en concluait que Dao-Li, sous ses grands airs, était redevenu à peu près inculte. Il semblait avoir tout oublié de sa culture littéraire. Ti avait une autre explication :

– Il a quand même passé l'examen, au terme de longues années d'études, comme vous et moi. À mon avis, son attitude témoigne plutôt d'un dédain envers le savoir, parce que ce savoir n'est pas l'apanage de sa classe sociale. Dissimuler son érudition est chez lui une sorte de prétention, une manière d'être.

– Oui, eh bien je crois surtout qu'il a dû dormir pendant ses leçons et décrocher son diplôme par protection !

L'allégation était particulièrement choquante. Ti mit ces propos sur le compte d'une jalousie exacerbée par la différence de fortunes. Il était de notoriété publique qu'on ne pouvait aucunement tricher à l'examen final, qui se tenait au palais impérial. Les copies subissaient une triple correction. L'équité de la sélection était le socle de l'administration chinoise ; elle permettait à ce système de fonctionner avec efficacité depuis des siècles. Les candidats étaient contraints d'apprendre par cœur des pans entiers de la culture livresque traditionnelle, et leur mémoire formait le principal critère du classement. Ils étaient recrutés dans presque toutes les couches de la population, même s'il était exact qu'ils étaient souvent issus d'une lignée de fonctionnaires pour des raisons pratiques, et leur intégrité était soigneusement contrôlée tout au long de leur carrière.

Kien éclata de rire.

– Vous êtes sans doute très fort pour les enquêtes, mais en ces matières vous êtes un enfant ! Intègres et compétents ! Oui, certainement ! Et pourquoi pas modestes et compatissants, tant que vous y êtes ! Quel humour vous avez ! Je vous souhaite une bonne journée, Ti !

Il planta là un Ti fort déconfit d'être passé pour un aimable hurluberlu. Le juge était encore perdu dans ses pensées lorsqu'un sbire vint le prévenir qu'un gros commerçant sollicitait une audience avec le magistrat en titre. Ti fit répondre que M. Tan était indisponible et qu'il faudrait revenir un autre jour. Le sbire était ennuyé : il s'agissait d'un notable de premier rang qui s'était déjà fait éconduire chez le préfet, absent lui aussi. Il insistait.

Ti jeta un coup d'œil au gros bonhomme qui patientait devant le poste de garde. Il était vêtu d'une superbe robe de brocart et ses porteurs attendaient près du portail autour d'un palanquin richement orné. Que pouvait-il avoir de si important à dire pour se donner la peine de faire antichambre chez toutes les autorités de la région ? Ti traversa la cour et se présenta au visiteur, qui s'inclina.

– Son Excellence le juge Tan n'est malheureusement pas visible. Si vous le souhaitez, je puis recevoir votre requête par procuration.

L'homme fut satisfait de constater qu'il y avait au moins un fonctionnaire au travail dans leur belle ville. Le juge Ti le conduisit dans un petit salon attenant au tribunal, où ils purent s'installer devant une tasse de thé.

Le solliciteur était à la tête de l'influente guilde des baigneurs, la grosse activité de Pien-fou. Après les politesses d'usage – compliment du juge Ti pour l'éclatante santé de ce commerce, souhait du commerçant de voir l'aimable magistrat succéder à M. Tan –, l'homme exposa le délicat motif de sa démarche. Ti imaginait une quelconque revendication catégorielle ou un différend d'ordre professionnel. Il tomba des nues. Le gros baigneur venait vilipender dans les termes les plus rudes « l'attitude indigne d'un certain M. Kien, séjournant actuellement dans notre florissante cité ». Il avait entendu parler des frasques de Kien Fang-te, accusé de séduire les femmes de la bonne société.

« Eh bien, songea le juge Ti, à quelques instants près c'est à ce même Kien que ce monsieur aurait présenté sa plainte, si mon collègue n'avait pas quitté la cour juste avant moi ! » Le maître baigneur poursuivit sa diatribe en s'empourprant de plus belle :

– Ce qui est scandaleux, expliqua-t-il, c'est que la soif de séduction de cet individu dépravé ne s'arrête pas aux considérations de rang. Il s'attaque à des gibiers prohibés. On assure que, dans son district, il n'a pas hésité à courtiser les dames du meilleur monde.

De la part du patron d'un institut de massage douteux, l'accusation de mauvaises mœurs prêtait à sourire. Par ailleurs, les phrases commençant par « on assure que » provoquaient chez Ti une réaction de méfiance innée. Suivit un florilège de ragots de la plus belle eau, même s'il y avait probablement un fond de vérité dans ce fatras de rumeurs remâchées, déformées, aggravées par l'imagination sans fin de leurs propagateurs.

Ti s'enquit poliment de la provenance de « ces intéressantes informations ». Le maître baigneur répondit en premier lieu que ces faits étaient connus de tous. Puis il confessa qu'un haut personnage avait souhaité protéger les habitants de Pien-fou d'une éventuelle nomination de l'ogre pervers à la magistrature de leur bonne ville. Le juge Ti saisit le message : il s'agissait d'un de ses chers confrères, dont l'esprit de corps cédait devant l'importance de l'enjeu qui les déchirait. Lequel d'entre eux avait pu s'abaisser à pareille attitude ? Il avait certes une idée sur la question. « Qu'on les laisse faire et il n'y aura bientôt plus un Chinois en Chine pour respecter notre fonction ! », songea-t-il avec tristesse.

Il assura le patron baigneur que ses récriminations ne resteraient pas lettre morte. Puis il le remballa en douceur vers la sortie. Un bain, il en aurait volontiers pris un pour se laver de ce flot continu d'ignominies qu'on déversait sur lui depuis son arrivée.

IX

Les enquêteurs font assaut de détails indiscrets ; le juge Ti songe à donner sa démission.

Les magistrats se retrouvèrent pour un déjeuner en commun dans la salle des banquets. Leurs mines réjouies suscitèrent chez le juge Ti un vague sentiment d'inquiétude. Ils débutèrent le repas dans un silence digne d'un monastère bouddhiste, mais avec des airs de conspirateurs satisfaits, qui n'annonçaient rien de bon. Ils n'avaient pas dû sembler plus gais le jour de la remise de leur diplôme, la touche de fourberie en plus. Leur mutisme était comme un flot contenu. Soudain la digue sauta.

– J'ai fait une découverte, annonça Mei Haodi sur un ton de mystère.

On aurait dit qu'il venait d'établir la raison qui fixait les étoiles au firmament.

– Moi aussi ! s'exclamèrent ses collègues à l'unisson.

La figure de Mei se rembrunit. Il se prit à douter de l'originalité de ses renseignements. Se pouvait-il qu'ils aient tous mis au jour le même trésor ? Il avait appris que l'honorable Tan se préparait à quitter sa ville sans avoir pris aucune disposition pour honorer une masse de dettes anciennes chez les fournisseurs du palais, notamment les marchands de liqueurs.

– Et alors ? demanda Lo, qui avait des comptes en souffrance chez tous les taverniers de son district. Cela ne faisait pas de lui un criminel, je pense ?

Mei lui jeta un regard qui en disait long sur son opinion au sujet du poète.

– Un homme qui n'honore pas ses dettes a des problèmes financiers, expliqua-t-il. Il est donc enclin à se compromettre. À avoir des créanciers. À emprunter. C'est le début de l'engrenage fatal, la ruine, la déchéance, l'ignominie !

Mei Haodi s'enflammait. On touchait là au trait dominant de son caractère : une appréhension tordue de l'argent. Un silence éloquent succéda à ce discours. Les juges se demandaient si la nouvelle leur en apprenait plus sur les mœurs de Tan ou sur la mentalité de Mei. Lo prit à son tour la parole :

– Si Tan avait des ardoises impayées, c'est qu'il perdait au jeu. J'ai appris de source sûre qu'il avait ses habitudes dans des tripots où il se rendait sous un faux nom ! Bien en vain : dans une petite ville, tout se sait.

Dao-Li ricana ouvertement :

– Vous avez découvert cela par hasard en allant rêvasser devant les chutes d'eau, sans doute ? Je ne peux croire que vous vous soyez commis vous-même dans ce genre d'établissement, n'est-ce pas, cher poète et ami ?

Lo, qui avait une fâcheuse tendance à mouiller le juge Ti chaque fois qu'il devait se justifier, répondit qu'il avait appliqué la méthode de leur collègue de Peng-lai, selon laquelle seul le résultat comptait. Ti toussota.

– Oui, bon, dit-il. Très intéressant, Lo. Autre chose ?

Il y avait davantage, bien sûr. C'était à qui citerait le fait le plus scandaleux. Cela composait un puzzle ignoble, le crescendo de la pourriture. Dao-Li postula pour le premier prix avec une histoire d'une dégoûtation parfaite : Tan possédait une maîtresse en ville, la femme d'un boutiquier en articles de soieries pour dames. Le défunt avait pour habitude de se charger lui-même des commissions de ses épouses, ce qui lui donnait un prétexte pour rencontrer la commerçante. On le voyait faire ses achats de fanfreluches les jours où le mari n'y était pas. C'était, à l'en croire, la fable du quartier.

Le juge Ti estima que Dao-Li était bien parti pour remporter le concours. Mais ce fut Kien qui culmina dans l'abjection avec son propre récit. Il avait appris que Tan avait placé un enfant adultérin chez les moines de l'Harmonie et de la Sérénité réunies. C'était grâce à cet arrangement que la communauté taoïste avait subitement obtenu la juteuse gestion des défunts de passage, sans qu'il ait été fait aucun appel d'offres. Kien tenait cela d'une servante du yamen, qui s'était occupée quelquefois de l'enfant. Il ne s'était pas rendu lui-même au temple, ce n'était pas un endroit pour lui : pas assez de femmes, trop de pression morale.

« Ne jamais mourir dans les parages d'un de mes collègues, nota le juge Ti. Ils feraient d'un saint ermite un meurtrier fou en deux coups de cuiller à pot. » Il était effaré de la masse d'informations scabreuses que ces étonnants fouineurs avaient pu réunir en si peu de temps. Aucune réputation n'était à l'abri de leurs investigations malintentionnées. Ce déballage servait-il l'enquête ? Certes il convenait de vérifier ces allégations une à une, mais comment faire ? Cela pouvait prendre plusieurs semaines !

– Et vous, honorable confrère ? demanda le vieux Mei avec sa suavité de mauvais augure. N'avez-vous aucun renseignement à partager avec nous ?

Pour ne pas être en reste dans l'infâme, Ti lâcha deux ou trois allusions aux relations que le défunt entretenait avec sa jeune servante, puisque c'était là le domaine de leurs préoccupations. Ils hochèrent le menton en connaisseurs. C'en était trop pour le juge Ti. Oubliant qu'il ne faut jamais faire de reproches directs à ses égaux, il se permit de les réprimander sur la façon qu'ils avaient de s'incriminer les uns les autres. Pour justifier cet éclat, il se félicita d'être le seul sur le compte duquel ne courait aucun ragot. C'était commettre là une grave erreur de psychologie.

– Mais pour qui vous prenez-vous, Ti ? répondit Kien Fang-te, outré.

Ti s'aperçut trop tard qu'ils avaient autant à dire à son sujet que chacun d'eux s'était permis d'en débiter sur ses confrères. Il lui fallut recevoir en pleine figure ce dont ils disposaient sur son compte de fausses indications et de on-dit vaseux. Il apprit avec horreur qu'il était censé avoir contracté une maladie honteuse à force d'aller « interroger » les prostituées, et n'était donc plus en assez bonne santé pour exercer sa fonction officielle ; qu'une telle moralité, par ailleurs, indisposait par avance les citoyens de cette charmante petite bourgade, peu désireux d'avoir comme magistrat un homme connu pour découvrir des crimes sordides dans les lieux les plus sereins ; pour finir, lui aussi était soupçonné d'avoir eu ses raisons de commettre ce meurtre. Il manqua s'étouffer et recracha un litchi qui avait failli lui être fatal.

– Vous voyez que vous ne valez pas mieux que nous, dans le fond, persifla Shang Ouchang.

Ti se leva sans un mot et monta se recueillir dans ses appartements, sous l'œil de ses confrères, dont le silence semblait signifier : « Qui ne dit mot consent. »

Au bout d'une demi-heure de récriminations muettes, il songeait sérieusement à donner sa démission pour retourner à Chang-an, quand Miao Daï se présenta pour lui rendre compte de ses investigations. Ti renifla une odeur suspecte :

– Tu sens l'alcool ! Tu as bu ?

– Dans le cadre de ma mission uniquement ! répliqua le lieutenant avec un aplomb déconcertant.

Il avait d'abord interrogé les gardiens de service. Apparemment, nul n'avait pu s'introduire au yamen la nuit du prétendu meurtre, ni de toute la journée qui avait suivi, il avait ensuite vu Dao-Li se préparer à sortir dans son luxueux palanquin, porté par huit porteurs au lieu des douze qui le soutenaient à son arrivée. Cette réduction d'effectif suggérait qu'il ne prévoyait pas un long trajet. Mao Daï l'avait donc filé à pied – à la course, en fait. Le fils du comte de Pou l'avait promené dans les plus beaux quartiers résidentiels de la ville. Il était allé rendre visite à différentes notabilités, dont le chef de la guilde des maîtres baigneurs...

Cela confirmait les soupçons de Ti quant à la visite inopinée de ce monsieur. C'était Dao-Li qui était allé se répandre dans le beau linge de Pien-fou pour saper les chances du gendre du préfet. Kien Fang-te lui avait paru le candidat le plus dangereux, étant donné son lien de parenté, et donc l'homme à abattre. Dao-Li était lui-même le produit d'une caste, il avait visé celui qui correspondait à ce critère de clan. Mais l'honorable Dao-Li ne pouvait s'abaisser à décrier ses confrères au vu de tous. Il s'était arrangé pour que les notables de Pien-fou fassent le travail à sa place. Les vraies bonnes manières se reconnaissaient en toute occasion.

De retour au yamen, courant toujours derrière le palanquin, Miao Daï avait vu Lo quitter le bâtiment. À partir de là, la filature avait été plus facile : le poète s'était contenté de l'entraîner dans différentes tavernes.

Ti s'aperçut que son lieutenant, pourtant bâti pour tenir le vin, était un peu pompette. Il imagina dans quel état devait être son collègue, qui n'en avait pourtant rien laissé paraître durant le déjeuner. Il avait dû dépasser le stade de l'éveil à la poésie.

Ti avait une autre mission à confier à son homme de main. Il lui ordonna de faire le guet dans le couloir tandis que lui-même visiterait les chambres.

– Tu n'auras qu'à siffler pour m'avertir si quelqu'un approche.

Il fallait bien que ces rideaux, ceux qui avaient servi à pendre Tan, aient été pris quelque part. Ti frappa à la porte de la chambre de Dao-Li. N'ayant pas obtenu de réponse, il se glissa à l'intérieur. Les rideaux étaient toujours suspendus à la fenêtre. Il referma et passa à la chambre de Kien, puis à celle de Lo, tâchant chaque fois de ne rien déplacer. Les tentures, là aussi, étaient à leur place.

Il entendit soudain quelqu'un siffloter un air qu'il connaissait. Qu'était-ce donc ? Après quelques instants de réflexion, les paroles lui revinrent en mémoire. Il s'agissait d'une chanson particulièrement leste qu'on entendait parfois les ivrognes entonner à tue-tête devant les cabarets malfamés ! Il émergea de ses pensées : Miao Daï était en train de lui donner le signal ! Ti quitta précipitamment la chambre de Lo en disant très haut :

– À tout à l'heure, cher frère-né-après-moi !

À l'autre bout du corridor, Dao-Li dévisageait d'un air pincé le lieutenant, négligemment adossé en haut de l'escalier. Le fils du comte était visiblement choqué qu'on osât siffler une rengaine grivoise en son auguste présence.

– Nous rejoindrez-vous pour une séance de mise au point sur notre affaire ? demanda Ti, curieux de savoir si le gêneur allait rester longtemps à l'étage des chambres.

Ce dernier répondit que ses devoirs l'appelaient en ville. Il ne fut pas long à ressortir. Ti courut dans les deux derniers appartements, ceux de Shang et de Mei. Il recommanda au passage à Miao Daï de bien vouloir siffler quelque chose d'un peu plus décent :

– Le mieux serait d'imiter un chant d'oiseau, je pense.

Après sa dernière visite, Ti parvint à la conclusion qu'aucun rideau ne manquait aux fenêtres, constatation aussi étonnante que décevante. Il eut subitement la surprise d'entendre un hibou hululer, ce qui lui sembla étrange au beau milieu de la journée. « Décidément, Tsiao est une lumière ! se dit-il en hochant la tête avec incrédulité. Il faudra le féliciter pour sa présence d'esprit. Un hibou en plein jour, voilà qui est vraiment discret ! » Il sortit en hâte et croisa un serviteur qui passait avec du linge en regardant le lieutenant imiter consciencieusement le cri de la hulotte argentée.

À force de courir après ce rideau, Ti avait l'impression de s'être converti en marchand de draps. Cela lui fit penser qu'il allait falloir interroger cette prétendue maîtresse de Tan, qui n'était jamais que la deuxième dont il eût connaissance. La vie du défunt allait-elle se révéler plus compliquée et plus intéressante que prévu ? C'était affligeant quant à l'opinion qu'il aurait aimé conserver sur la magistrature en général, mais l'enquêteur en lui ne pouvait s'empêcher de se réjouir à l'idée de dénicher là, enfin, un indice déterminant.

X

Le juge Ti interroge un secrétaire très conciliant ; une affaire de rideaux le fait tourner en bourrique.

Ti eut l'idée d'interroger sérieusement le secrétaire de Tan au cours d'une petite conversation informelle où il aurait l'habileté de le placer sur un pied d'égalité pour le flatter. Il espérait apprendre tout ce que ce proche collaborateur savait sur feu son patron depuis trois ans qu'il était à son service. Les subordonnés constituaient toujours une appréciable mine de renseignements, à condition de s'en tenir aux faits et d'éliminer tout racontar inspiré par la jalousie ou la frustration. Stupéfait devant les inépuisables ressources de son intelligence, il s'empressa d'arracher le secrétaire à son bureau pour l'emmener prendre le thé à la bonne franquette dans un kiosque du jardin.

Ce petit homme discret aux allures de souris se révéla bientôt une véritable boîte d'archives vivante, un boulier à répertorier les informations. Flatté d'être admis dans la compagnie d'un magistrat, il l'était sûrement, bien que la surprise demeurât son impression dominante. Il ne fallut néanmoins au juge Ti que quelques minutes pour mettre le doigt sur un point important. Le secrétaire eut l'amabilité de lui faire part avec précision d'un rapport commandé par le préfet au sujet des différents candidats à son remplacement. Ainsi que Ti était bien placé pour le savoir, chaque fonctionnaire avait son dossier à la capitale. On y notait les aspects positifs et négatifs de son administration, en vue de son avancement, qui n'avait rien d'automatique. Or leur supérieur à tous, le préfet, avait fait établir des résumés de ces dossiers, qui avaient abouti sur le bureau du juge Tan.

Le nom du favori *a priori* tomba sans tarder. C'était Shang Ouchang. Il était le plus méritant, non par ses facultés de juge – c'était le fonctionnaire type, à propos de qui l'on n'avait rien d'extraordinaire à signaler –, mais par ses qualités de lettré, toujours très appréciées de la hiérarchie ministérielle. En un mot, son immense mémoire, capable d'emmagasiner l'œuvre complète de Confucius et de la régurgiter sans omettre une virgule, faisait l'essentiel de sa valeur. Shang avait été classé premier à l'issue de l'examen organisé sans date fixe par le palais impérial pour recruter des hommes de grand mérite. Cette session spéciale était d'autant plus cotée que le sujet en était donné par l'Empereur lui-même. Cela avait eu lieu un an après l'entrée en grade de Dao-Li et de Tan. Ainsi, bien que dernier lauréat en date de leur groupe, Shang était le mieux noté. En toute logique, il aurait dû être choisi – si l'on avait désiré appliquer strictement la règle habituelle selon laquelle les mieux classés lors des concours devaient être les mieux servis.

Du reste, ce n'était pas une loi d'airain. Force était de remarquer que Tan Jinxuan, qui n'était pas l'un des deux majors de sa promotion, était passé, lors de sa nomination à Pien-fou, devant bien des lauréats mieux placés que lui. Ti songea qu'il pouvait y avoir là un motif d'envie. Cela avait-il pu aller jusqu'à devenir le mobile d'un crime ? C'était difficile à imaginer.

Si le préfet avait voulu rendre justice à l'érudition de Shang, c'est lui qu'il aurait recommandé, sans chercher plus loin. Mais il aurait déjà dû le faire trois ans plus tôt, quand Tan avait été nommé. Que s'était-il passé alors ?

Le secrétaire baissa la voix et se pencha pour se rapprocher de son interlocuteur. On murmurait dans la province que la nomination de Tan avait été rendue possible par une recommandation émanant des degrés les plus élevés de l'administration métropolitaine.

Cet état de fait laissait la porte ouverte à toutes les conjectures. Se pouvait-il qu'il ait été le fils caché d'un ministre, d'un haut dignitaire, d'un courtisan ? Certes, Tan était fort doué pour les relations sociales. Mais sa récente promotion à la Cour avait paru lui tomber dessus sans qu'il eût rien fait pour la solliciter. Il n'avait pas envoyé beaucoup de lettres à la capitale, ni rencontré de ministre en exercice ou de général influent durant les six derniers mois. C'était à croire que les dieux bénéfiques présidaient en personne à l'évolution de sa carrière. Aurait-il été dans les bonnes grâces de l'Empereur qu'il n'en serait pas allé autrement. Tan découvrait tous les trois ans un échelon supplémentaire sur l'échelle menant à la félicité des justes.

Ti demanda au secrétaire quel était le trait dominant de son défunt patron. Selon lui, ce qui frappait le plus ceux qui le fréquentaient était sa tranquillité d'esprit. En un mot, il était bonasse. Comment cet être mou avait-il pu pousser quelqu'un à mettre un terme à sa si paisible existence ?

Ti remercia le secrétaire pour son aide prolixe. L'homme eut un sourire énigmatique.

– Je me dois d'apporter à Votre Excellence toute l'assistance qu'elle désire, susurra-t-il. Elle verra *toujours* en moi un collaborateur dévoué. C'est à moi de remercier Votre Excellence pour cette première prise de contact pleine d'intérêt.

Il s'inclina un peu plus bas que nécessaire et se retira. Ti se demanda ce que signifiait cette attitude obséquieuse. En y repensant, il restait une question qu'il n'avait pas posée : qui arrivait en second dans le cœur du préfet, après Shang et ses mérites un peu froids, un peu vains ? Le secrétaire venait de lui fournir la réponse.

Puisqu'il était dans le jardin, Ti poussa jusqu'au fond du parc pour vérifier que le lieu du crime était toujours dans l'état où ils l'avaient laissé. Des coups de plus en plus forts attirèrent son attention. Ils provenaient du pavillon où reposait le corps. Ti pressa le pas. Il vit bientôt la jeune servante, Mlle Rosée d'Automne, sur le perron, qui frappait à la porte avec vigueur. N'obtenant pas de réponse, elle se mit à appeler :

– Seigneur ? Allez-vous bien ? Répondez, je vous en supplie ! répétait-elle avec inquiétude.

Très nerveuse, elle se retourna brusquement et tomba nez à nez avec le juge Ti, qui l'observait. Elle eut un geste de recul, voulut s'enfuir. Il la retint par le poignet.

– Laissez-moi ! implora-t-elle. Il se passe quelque chose ! Je dois aller chercher le majordome ! J'ai besoin d'aide !

– Vous n'irez chercher personne, répondit-il. Tout est normal, je vous assure.

La jeune femme cessa de se débattre. Ils demeurèrent un moment l'un en face de l'autre, elle qui était censée le laisser croire que son maître s'était bien jeté par la fenêtre, lui qui ne pouvait lui révéler que ce pavillon ne contenait plus qu'un corps sans vie. Quelque chose dut pourtant transparaître dans son regard. L'intuition de cette femme amoureuse ne s'y trompa pas.

Elle lut dans ses yeux qu'un événement tragique était survenu.

– Il est arrivé un malheur ? demanda-t-elle. C'est cela, n'est-ce pas ? Je savais qu'il ne fallait pas jouer avec la mort ! Les démons n'aiment pas qu'on se moque d'eux, ils se sont vengés !

Elle éclata en sanglots entre ses mains. Ti la prit contre sa poitrine et lui tapota le dos. Entre deux mots de consolation, il lui demanda si elle avait remarqué dans ces parages quelque chose de particulier. Lorsque ses larmes se furent un peu taries, elle répondit que, la veille, alors qu'elle s'apprêtait à venir voir le maître, elle avait été étonnée d'entendre un bruit de conversation à travers les volets entrouverts. Il y avait un homme avec lui, qui n'était pas le majordome. Elle ignorait qui cela pouvait être, elle s'était écartée aussitôt. Quelques instants plus tard, elle avait juste vu le dos d'un des hôtes qui s'en allait : il était grand et mince.

Ti songea que Mei était voûté par les ans, Lo était rond, Kien avait une taille moyenne : l'inconnu qui était venu voir le défunt ne pouvait être que Dao-Li ou Shang, tous deux longilignes. Il décida d'avoir une petite discussion avec le fort en thème et prit congé de la demoiselle en lui recommandant de garder pour elle ce qu'elle venait d'apprendre.

En arrivant au cabinet des archives, il crut voir Dao-Li, debout, de dos, contre les rayonnages. Lorsque l'homme se retourna, il s'aperçut que c'était Shang. Ti s'étonna poliment de le voir sempiternellement à l'étude.

– Que m'a-t-on appris d'autre ? répondit le lettré avec une pointe d'amertume dans la voix. Étudiez ! Étudiez sans relâche ! On vous admirera, mais vous n'en serez pas mieux traité pour autant ! Si l'on se met à accorder plus d'importance à l'efficacité des magistrats qu'à leur culture, où allons-nous ? La connaissance des textes littéraires est le noyau de notre nation. Savez-vous que la ville que j'ai en charge n'est pratiquement qu'une concentration de quartiers sordides et boueux, remplis d'analphabètes ?

Un mauvais démon souffla au juge Ti une réponse teintée d'ironie :

– Le maître ne dit-il pas : « C'est un honnête homme celui qui, ignoré du monde, n'en conçoit nul dépit » ?

Shang fronça le sourcil, fâché de voir les rôles s'inverser.

– Ayez la bonté de ne pas m'envoyer Confucius à la figure, je le connais par cœur !

Ti estima qu'il pouvait se permettre de lui rendre l'espoir sans trahir les petits secrets du secrétaire. Il lui assura qu'il avait de bonnes raisons de croire que ses efforts allaient enfin être récompensés. Puis il le pria de garder pour lui cette indiscrétion, et s'en alla comme un saint qui vient de répandre les bienfaits du ciel sur les indigents de ce bas monde.

Juste avant le dîner, il alla faire une courte promenade dans les jardins pour se mettre en appétit. Cette affaire avait sur son estomac des effets désastreux. Il comptait sur la marche et sur la fraîcheur du soir pour l'aider à clarifier son esprit. Tant d'éléments se bousculaient dans sa pauvre tête !

Assis sur un banc, il regardait d'un œil distrait la façade du yamen quand un détail le frappa. Trois fenêtres ne laissaient filtrer à l'extérieur qu'un fin rai de lumière, ainsi qu'il était logique : leurs occupants avaient allumé les lanternes, puis tiré les tentures pour préserver leur intimité. La quatrième fenêtre était entièrement éclairée. Nulle trace de rideau.

Ti se livra à un intense effort de réflexion pour reconstituer mentalement l'agencement du palais. Il parvint à la conclusion que les trois premières fenêtres étaient celles de Mei, de Shang et de Lo. Dao-Li logeait sur l'autre versant. Par élimination, cette chambre ne pouvait être que celle de Kien.

Il se hâta de rentrer, gravit les marches deux à deux et courut frapper à la porte de ce dernier.

– Excusez-moi, dit-il, à peu près essoufflé. Je me demandais si... si vous aimeriez faire une partie de dominos avant de passer à table ?

Tout en inventant ce prétexte, il tâchait d'apercevoir dans le dos du magistrat s'il avait visé la bonne chambre. Le gendre du préfet finit par se demander ce que son collègue cherchait derrière lui et se retourna. Ti vit alors que le rideau manquait, ainsi qu'il l'avait supposé. Il ne put se retenir d'attaquer bille en tête :

– Tiens, dit-il. Vous n'avez pas de rideau à votre fenêtre ? Ce ne doit pas être commode.

– Vous avez raison, répondit Kien, je n'avais pas remarqué. Le rideau était pourtant là hier. Je me demande ce qui est passé par la tête des domestiques.

Il ajouta sur le ton de la confidence :

– Cette maison est beaucoup moins bien tenue qu'il n'y paraît. Je compte y mettre bon ordre quand j'en serai devenu le maître. Le personnel a besoin d'une sérieuse reprise en main.

Il déclina l'invitation à jouer aux dominos, l'appel du dîner n'allait pas tarder à retentir. Quand il eut refermé la porte, Ti faillit crier sa joie de tenir enfin un suspect évident. À en croire Kien Fang-te, les rideaux allaient et venaient librement à travers le palais ! Puis il se rappela les avoir vus en place dans cette chambre l'après-midi même : Kien ne mentait pas ! Quelqu'un avait bien retiré les brocarts de leur tringle. Qu'est-ce que c'était que cette histoire ?

Le gong sonna. Les six magistrats descendirent pour le dîner, qui se déroula dans une drôle d'atmosphère, mi-lugubre, mi-goguenarde. Après le repas, Ti resta quelques minutes admirer les œuvres d'art qui décoraient les salons du palais.

Une fois dans sa chambre, il posa sa lanterne sur la table. Un détail lui sembla inhabituel. Il se tourna vers la fenêtre pour tirer les rideaux.

– Ah, c'est trop fort ! s'exclama-t-il.

Il n'y avait plus de rideau à sa fenêtre.

XI

Le juge Ti marche dans les pas d'un défunt ; il sauve un enfant.

La nuit accomplit son œuvre : à son réveil, l'esprit curieusement clair, le juge Ti constata que sa réflexion s'était poursuivie à travers le sommeil. Il avait élucidé l'énigme du rideau voyageur. L'absence du brocart n'était plus un indice crucial, d'abord parce que c'était grotesquement chez lui qu'il manquait à présent, ensuite parce qu'il était évident que ses confrères se les dérobaient les uns aux autres pour n'être pas soupçonnés d'avoir pendu leur hôte ! Ils avaient joué aux chaises musicales toute la journée, accrochant et décrochant ces bouts de tissu comme s'il s'agissait d'un pavillon maritime que chacun était soucieux d'arborer ! C'était à qui ferait accuser son voisin ! Il ne lui restait plus qu'à aller récupérer le rideau du crime au fond du jardin et à le placer sur sa propre fenêtre pour mettre un terme à cette sinistre plaisanterie. Mieux valait admettre qu'il avait perdu son temps dans une voie sans issue.

Il lui fallait à présent s'efforcer de vérifier chacun des indices triomphalement fournis par ses éminents collègues. Il dressa une petite liste. Son programme comprenait une commerçante séduite, un enfant caché dans un sanctuaire, une salle de jeux et des dettes impayées chez un marchand de liqueurs.

Dès qu'il eut avalé son riz du matin, le juge Ti enfila une robe passe-partout et entama sa tournée, la tournée de l'infamie. Il avait l'impression de promener en ville une effigie du défunt pour permettre aux citadins de cracher dessus. La vérité allait se révéler assez différente de cette ostension.

Il chercha tout d'abord la salle de jeux indiquée par Lo. Par bonheur, ce dernier, qui lui devait bien ça, ne s'était pas fait prier pour lui en fournir l'adresse. À quelques rues du yamen, dans un passage latéral, le juge Ti repéra l'enseigne du restaurant « Au Bouillon enchanté » : la salle était en face. À première vue, elle avait tout l'air d'un salon de thé tranquille. Il souleva le rideau de perles qui masquait l'entrée et pénétra à l'intérieur.

Dans un décor de bois peint à motifs floraux, il découvrit une vaste salle pleine de messieurs plus ou moins chenus qui sirotaient du thé parfumé aux arômes de fruits en déplaçant des dominos. Était-ce là le tripot qu'on lui avait décrit ? Un serveur s'approcha pour lui attribuer une table et prendre sa commande. Ti réclama de l'alcool. On lui répondit poliment que l'établissement ne servait pas ce genre de boisson. Tout en laissant refroidir sa théière, le juge examina ce qui se passait autour de lui. Il s'agissait bien de jeux d'argent : les clients avaient devant eux de petites piles de sapèques qui changeaient de main à l'issue de chaque partie. Ce n'était cependant pas là le type d'occupation illicite qui pouvait enrichir son homme à grande vitesse ! Ti s'étonna surtout que Lo ait pensé à visiter un endroit où l'on ne servait que de l'eau chaude aromatisée.

Ti guetta un éventuel va-et-vient avec l'arrière-salle, qui aurait trahi la présence d'une activité crapuleuse clandestine. Aucun mouvement suspect, aucun paravent judicieusement placé pour dissimuler l'antre du vice. Ce lieu n'était décidément pas le bouge attendu. Ti appela le serveur.

– Le juge Tan viendra-t-il jouer aujourd'hui ? demanda-t-il d'une voix neutre.

– Je ne pense pas, répondit le jeune homme. Son Excellence n'honore pas très souvent de sa présence notre modeste établissement.

Ainsi donc la passion du défunt magistrat pour les dominos était un secret de papier. Le serveur lui apprit sans faire autrement de difficultés que leur bon juge avait une ardoise en souffrance dans la maison : il devait quelques tournées de thé au jasmin. « Pas de quoi mettre en péril les finances de l'État ! », songea Ti. Le tripot de Pien-fou était à l'image du reste de la ville : désuet.

Il lui arrivait à lui aussi de jouer aux dominos avec ses épouses et d'y perdre son argent de poche. Cela faisait-il de lui un lascar ? Si tous les magistrats du district n'avaient eu que ce genre de travers, il n'aurait pas eu à supporter les mille petits défauts de ses chers confrères. Il laissa quelques sapèques sur la table et passa à l'adresse suivante sur la piste du délinquant.

À deux pas de là, l'échoppe du liquoriste indiquée par Mei arborait un gigantesque flacon en guise d'enseigne. Ti en déduisit qu'il se trouvait chez le chef de la guilde des marchands de vin. Il annonça d'emblée sa qualité de magistrat et demanda à consulter le livre où étaient notés les comptes des clients. Aucune ligne ne portait le nom personnel de Tan Jinxuan.

– Si Votre Excellence veut bien m'indiquer ce qu'elle cherche, dit le vendeur, je serai très heureux de pouvoir l'aider.

Il apparut que les fournitures expédiées au yamen figuraient sur un livre spécial. Tout y était inscrit avec précision : la date et la quantité des livraisons, la nature des banquets, le nombre de convives et ainsi de suite. Le solde accusait effectivement un déficit pour un montant assez considérable.

– Savez-vous que Son Excellence le juge Tan a été muté à la capitale ? demanda Ti. Il est probable qu'il ait complètement oublié cette dette.

Le vendeur se déclara enchanté d'apprendre que leur magistrat avait eu de l'avancement. Quant à la petite facture, il n'était pas inquiet : il la qualifia de « montant mineur et sans conséquence ». Ti soupçonna que le commerçant avait une perspective de remboursement qu'il n'allait pas tarder à lui révéler. Il comprit bientôt que ce qui importait à ce dernier était de recevoir les commandes du tribunal. Or le juge Tan, trois mois plus tôt, l'avait assuré que le yamen continuerait à se fournir auprès du même établissement même après son départ. Cette promesse lui avait évité d'avoir à apurer ses comptes en cours d'année. Sans doute trouverait-on des arrangements similaires chez la plupart des fournisseurs de Pien-fou. Il n'y avait pas de plainte à l'horizon. C'était encore de la fumée sans feu. Ti remercia le caviste pour ses informations et passa à la case suivante.

Il lui suffit de passer le coin de la rue pour arriver à la boutique de soieries pour dames. Il s'agissait bien d'un élégant commerce de fanfreluches. Une femme forte, un peu trop apprêtée, l'accueillit à l'intérieur en minaudant comme une grosse chatte. Sur des tables étaient entassés des paquets de soie aux couleurs vives. Aux murs étaient accrochés des modèles de toutes sortes, allant de la tunique damassée au sous-vêtement plus ou moins élaboré. La commerçante était tout sourire. En un mot, c'était une vraie marchande d'articles féminins, un clin d'œil sur pattes, probablement coquine avec les femmes, visiblement complice avec le client masculin. Dès que Ti eut mis un pied dans la boutique, elle le prit pour un gros bourgeois de passage venu acheter des nouveautés pour ses épouses en guise de souvenir.

– Peut-être une jeune concubine fait-elle l'objet de vos attentions ? supposa-t-elle avec un regard plein de sous-entendus. Si je peux me permettre, honorable client, il convient toujours d'offrir en même temps quelque chose à madame votre Première, cela conserve un équilibre salutaire à la paix du foyer. Éviter les motifs de jalousie est la base d'une bonne entente conjugale. Nous avons de très jolis châles qui plaisent beaucoup aux dames mûres.

Ti se sentait ramollir dans cette atmosphère feutrée et discrètement parfumée, féminine en diable, délicieusement confortable. On vous enveloppait non dans des voiles, mais dans une moelleuse affabilité. Il comprit que bien des gens devaient être tentés de venir là rien que pour l'ambiance.

– Voyez comme cette soie est fine, dit la ronde marchande. Au toucher, on ne pourrait la discerner de la peau de la jeune épousée...

Si on ne lui offrit pas de thé, afin d'éviter de regrettables accidents, il y avait en revanche une abondance de gâteaux secs et d'amandes grillées à grignoter, répartis dans de jolies assiettes en porcelaine. Ti commençait à penser que les relations de Tan avec cette commerçante n'avaient guère dû s'écarter d'un plan parfaitement platonique. Ce n'était d'ailleurs pas le genre de beauté qui séduisait le magistrat, s'il en jugeait par les appas de la petite servante du yamen. Il les préférait plus minces, plus jeunes, moins maquillées. Un petit gros mal bâti, chargé de paquets pesants, traversa la boutique.

– Monsieur est votre commis ? s'enquit le juge Ti.

– Pas du tout, répondit la dame, c'est mon cher époux, le maître de cet établissement.

Le rondouillard s'inclina. Ti vit qu'il boitait. Ce n'était pas ce mari à moitié infirme, probablement goutteux, qui aurait pu se venger d'un amant dans la force de l'âge en le pendant à une poutre après l'avoir assommé, au fond du parc, sans se faire remarquer qui plus est ! Ti attribua plutôt les visites de Tan à un intérêt un peu ridicule pour les soieries destinées au beau sexe.

Un autre monsieur un peu gêné se présenta, que la marchande reçut avec le même savoir-faire onctueux. Si tous les hommes qui pénétraient dans cette boutique avaient dû devenir ses amants, ç'aurait été la principale maison close du district ! Ti annonça son désir de revenir en compagnie de ses épouses et quitta le magasin après avoir reçu de la marchande un dernier sourire entendu.

L'étape suivante était le temple de l'Harmonie et de la Sérénité réunies, où Tan était censé avoir abandonné un enfant adultérin. Ti allait-il découvrir qu'il ne s'agissait que de bonnes œuvres parfaitement innocentes ? Jusqu'à présent les indications de ses collègues s'étaient révélées moins fiables que risibles.

Le temple était toujours ce lieu obscur où l'on exposait les dépouilles de curistes dont les espoirs de guérison n'avaient pas été couronnés de succès. Il y avait apparemment en permanence des obsèques en cours. Un superbe catafalque d'apparat avait été dressé devant la statue d'un dieu bouffi et hilare qui illustrait à merveille l'autosatisfaction de Pieu-fou – ou celle de ses moines.

Comme lors de son précédent passage, le juge n'était pas entré depuis deux minutes qu'un bonze au crâne rasé, vêtu d'une tunique rouge, venait s'enquérir à voix basse de ce qu'on pouvait pour son service. Ti ne put s'empêcher de penser que cet endroit était en réalité aussi mercantile que les boutiques qu'il venait de visiter, l'encens et les statues en plus. Une fois encore, Ti se présenta sous sa véritable identité, ce qui lui permit de demander d'emblée s'il était vrai que la communauté de l'Harmonie recevait des enfants en pension. Le moine répondit que la formulation était très exagérée : ils n'en avaient admis qu'un seul qui fût trop jeune pour faire son noviciat, afin de rendre service au puissant seigneur qui le leur avait recommandé. Ti voulut le voir.

Tout en le conduisant à travers le méandre de cours et de couloirs édifiés derrière le temple, le moine lui expliqua que la mère était une femme de mauvaise vie qui avait succombé à une fièvre contractée dans l'exercice de son scandaleux métier. Le juge s'était pris de pitié pour l'enfant – on pouvait en conclure ce que l'on voulait, Tan Jinxuan n'avait certes pas pour habitude de prendre en charge les orphelins de sa cité, ceux issus de commerces crapuleux moins encore que les autres. Quoi qu'il en soit, l'attention qu'il portait à ce gamin, qu'il fût ou non de lui, était tout à son honneur, ainsi que le fit remarquer le moine de sa voix mielleuse.

Le juge Ti s'étonna à voix haute que la communauté

ait accédé à la prière du magistrat : ils ne tenaient pas plus un orphelinat que Tan n'était un philanthrope. Le bonze se contenta de sourire avec une mine de bienfaiteur de l'humanité.

– À quand remonte l'arrivée de ce garçon ? demanda Ti.

– Environ deux ans, répondit le moine.

– Puis-je savoir depuis quand votre communauté jouit du monopole des obsèques des étrangers ?

– Cela fait deux ans, noble juge, répondit le moine sans quitter son sourire « d'harmonie et de sérénité réunies ».

Le juge Ti en tira en son for intérieur la conclusion qui s'imposait. Dans un vaste réfectoire, un enfant d'environ cinq ans était en train de frotter le dallage à l'aide d'une serpillière.

– Je vois que vous avez commencé son enseignement, dit le juge, impassible.

– Le petit aide un peu, répondit le bonze. Il n'est pas bon à grand-chose. Mais cela l'occupe et l'initie à la discipline qui lui permettra plus tard de devenir un bon novice.

« Et de continuer à trimer comme un esclave », poursuivit en lui-même le juge Ti. Si la protection de son père présumé ne lui servait qu'à nettoyer les sols, qu'en serait-il une fois qu'on apprendrait le décès du protecteur ? Le juge Ti n'osait l'imaginer. La vision de ce gamin en train de briquer le carrelage le révulsait. Dans quelques jours, les moines s'en débarrasseraient en l'envoyant se rendre utile dans quelque monastère perdu où il n'apprendrait pas même à lire et à écrire et dont il ne sortirait jamais. Sa situation était sur le point de se dégrader autant qu'il était possible. Le bonze le contemplait avec un rictus satisfait.

– Mon collègue Tan Jinxuan désire récupérer cet enfant, déclara subitement le juge Ti. Il m'a envoyé ici dans ce but.

Le sourire du moine s'effaça à l'instant.

– Mais... Comment est-ce possible ? Ce garçon a été confié à notre vigilance éclairée... Il montre de bonnes dispositions à la vie monastique. Il est obéissant et travailleur.

– Bien sur, les accords passés avec le yamen seront maintenus, s'empressa d'assurer le juge Ti pour couper court à ces protestations haletantes.

Le moine recouvra immédiatement sa sérénité un instant ébranlée.

– Les désirs de notre magistrat sont des ordres, répondit-il en s'inclinant.

Le juge Ti se fit remettre les affaires du garçon – un petit ballot léger, un rouleau de papier enfermé dans un étui de soie et deux poupées de chiffon – et quitta sans attendre cet endroit plein d'humanité harmonieuse et sereine. Le jeune Tan avait un visage sympathique, malgré son air un peu triste et ses paupières gonflées par la fatigue. Ti héla des porteurs et se fit conduire au tribunal en palanquin. Une fois au palais, il pria le majordome d'aller quérir le secrétaire et la jeune servante.

– Je vous recommande ce petit, leur dit-il. C'est un fils que votre ancien juge a eu d'une femme à présent décédée. Vous l'élèverez ici et lui donnerez toute l'éducation qu'il lui sera possible d'y recevoir.

Le secrétaire et la servante s'inclinèrent. Cette dernière emmena l'enfant dans les communs. Aux regards qu'elle lui lançait, le juge devina qu'il n'y serait pas trop mal. C'était le seul cadeau que lui laissait son amant défunt. Cette affaire avait au moins permis d'accomplir une bonne action : un orphelin avait trouvé la place qui lui revenait de droit.

Ainsi donc, tous les renseignements fournis par ses collègues s'étaient révélés exacts, mais à peu près dénués d'importance. Ils s'étaient contentés de demi-vérités. À cause d'eux, Ti avait perdu sa matinée à interroger les habitants de Pien-fou sans que son enquête ait avancé d'un pouce. Il se demanda si ce n'était pas là, d'ailleurs, le but de ces confidences : l'égarer sur de fausses pistes. Comment savoir si ces magistrats étaient aussi bêtes et inefficaces qu'ils en avaient l'air ? Il devenait urgent de reprendre l'avantage.

XII

De l'eau rouge provoque un mouvement de panique ; les cascades livrent un indice majeur.

L'heure du déjeuner approchait. Ti croisa Dao-Li qui montait dans sa chambre. Un peu plus tard, alors qu'il allait prendre son repas au jardin, il aperçut Shang dans la salle des archives, penché sur ses éternelles boîtes à dossiers.

Ti s'installa dans un kiosque et se fit servir son riz de midi. Il venait de terminer son bol lorsque des éclats de voix attirèrent son attention. Deux jardiniers tentaient d'empêcher Dao-Li de tailler à vif dans un massif de superbes camélias fièrement dressés au bout de longues tiges. Ti comprit que le fils du comte de Pou s'était permis, sans en référer à personne, de couper les fleurs préférées du maître des lieux pour en décorer sa chambre. Des jardiniers catastrophés tâchaient de le convaincre d'arrêter le massacre. Dao-Li n'avait que faire du petit scandale domestique qu'il venait de provoquer :

– Qu'importe, s'obstinait-il, puisque je suis sur le point de devenir votre nouveau maître ! Je décide que ces fleurs sont assez belles pour orner mes appartements. Fin de la discussion.

On voyait à la mine des serviteurs qu'ils priaient pour que cette nomination n'advienne jamais.

En retournant vers le palais, Ti vit à l'ombre d'un autre kiosque Mei et Kien qui disputaient une partie de go. Il nota avec satisfaction que les relations entre ses collègues étaient en voie d'amélioration. Il dut bientôt déchanter : à peine eut-il dépassé la gloriette qu'il les entendit échanger des accusations fielleuses où il était question de tricheries réciproques et de manque d'éthique aussi bien professionnelle que privée.

Il regagna sa chambre pour se reposer un moment de ses allées et venues sur les pavés de Pien-fou. Son enquête était au point mort, il se sentait guetté par la défaite. Lo devait être en train de cuver une séance de composition poétique particulièrement exténuante, il l'entendait ronfler à travers plusieurs cloisons.

Ti venait de s'assoupir lorsqu'on gratta à la porte. Le majordome entra, la mine défaite. L'employé d'une maison de bains venait d'arriver : un cadavre avait été découvert dans son établissement. « Bien. Les affaires reprennent ! », se dit le juge en enfilant ses bottes en toute hâte.

Il parvint dans le hall en même temps que ses confrères, Dao-Li avec ses fleurs assassinées, Lo encore tout ensommeillé, Mei tenant à la main les ligatures de sapèques extorquées à Kien, lequel avait le visage sombre des joueurs. Seul manquait Shang. On l'avait cherché chez lui et aux archives, en vain : il était introuvable.

– Laissez-le étudier, dit le vieux Mei au majordome. Et toi, ordonna-t-il au garçon de bains, conduis-nous sur les lieux.

Ils grimpèrent une fois de plus dans les chaises à porteurs du tribunal, qui les menèrent en cortège à l'une des bâtisses cossues, adossées aux coteaux d'où jaillissaient les sources chaudes. Ils y furent accueillis par le maître baigneur en personne, celui-là même dont Ti avait reçu la plainte à propos de l'amoralité de Kien Fang-te. Le chef de la guilde était catastrophé.

– Quelle déplorable réclame pour mon commerce ! geignit-il. Un établissement de si bonne renommée ! A-t-on idée de venir mourir dans une maison honnête ?

– Allons, dit Lo, encore un peu vaseux. Ce ne doit pas être la première fois qu'un client a un malaise dans l'une de vos baignoires.

– Ce genre de malaise n'est pas courant, répondit le directeur en leur ouvrant la voie à travers la suite des salons luxueusement agencés.

Il annonça qu'il les menait dans la partie réservée aux femmes. Le baigneur guetta ostensiblement la réaction de Kien, dont l'œil frisa à cette idée, ce qui ne plaida pas contre sa réputation de séducteur tous azimuts.

La salle en bois verni avait été construite autour d'un bassin naturel dont l'eau était si chaude qu'elle exhalait des volutes de vapeur. Sa couleur, cependant, n'incitait pas à la baignade : elle était rouge pâle. Le directeur expliqua que trois clientes marinaient paisiblement lorsque l'eau s'était tout à coup teintée de cette façon sinistre. Elles avaient fui en poussant des cris du plus mauvais aloi.

– Rendez-vous compte : elles ont exigé d'être remboursées ! Quelle honte ! On n'a jamais vu ça !

– Curieux phénomène, dit Dao-Li en lissant sa moustache. Ce spectacle n'est pas engageant, c'est certain.

– Celui de l'étage supérieur l'est encore moins, renchérit le représentant de la guilde. Si Vos Excellences veulent bien me suivre...

Il les entraîna plus haut, dans la partie réservée aux hommes, elle aussi déserte. Un corps gisait sur le ventre au beau milieu du bassin naturel. Mei fronça le sourcil :

– On a déplacé cinq juges pour constater qu'un baigneur a été victime d'un accident ! protesta-t-il. Un contrôleur des décès aurait suffi. Il ne manque plus que Shang, et tous les magistrats de la ville seront ici à perdre leur temps.

Lo lui fit observer un détail curieux : on voyait rarement les baigneurs se tremper tout vêtus dans les piscines. Deux employés aux jambes nues entrèrent dans l'eau pour retourner le cadavre. Les magistrats ne purent retenir un cri de surprise.

– Eh bien, nous sommes au complet, après tout, remarqua Dao-Li d'une voix blanche.

Le visage de Shang, les yeux grands ouverts, bouffi, blafard, les cheveux collés à la figure, flottait dans l'eau rougie.

– Comment est-ce possible ? s'écria Mei. Nous l'avons laissé aux archives il n'y a qu'un instant !

– Un démon aura pris ses traits ! glapit Kien. Cette affreuse maison de bains est hantée ! Je l'ai tout de suite senti.

– Avez-vous constaté des incidents surnaturels, ces derniers temps ? demanda Dao-Li, prêt à convoquer un exorciste.

Le directeur répondit sur un ton pincé que son établissement était formellement interdit aux démons, mauvais génies et autres fantômes. Un bonze avait présidé à sa construction et aux bénédictions d'usage lors de l'inauguration ; lui-même, propriétaire scrupuleux, s'obligeait à toutes les démonstrations de la piété. Il n'y avait aucune raison pour que son bâtiment devienne le rendez-vous des âmes errantes.

Un examen attentif leur confirma que l'au-delà n'avait rien à voir dans cette affaire. C'était bien Shang Ouchang, l'homme à la mémoire d'éléphant, qui trempait sous leurs yeux dans l'eau volcanique. Le manche d'un couteau émergeait de sa poitrine au niveau du cœur. Ti ne put s'empêcher de songer que le malheureux allait en fin de compte obtenir le privilège si convoité de résider à Pien-fou, dans son cimetière. Il se pencha sur le bassin pour observer la garde du poignard fiché dans la blessure. C'était une arme de collection, de facture ancienne et de belle qualité. On pouvait en déduire que le meurtrier n'était pas un homme du peuple, d'abord parce qu'il s'était servi d'un objet de luxe pour commettre son forfait, ensuite parce qu'il l'avait négligemment abandonné au lieu de l'emporter pour en tirer un bon prix auprès d'un armurier.

Ce qui intriguait le plus le juge était que la mort ne pouvait avoir eu lieu qu'après le déjeuner, puisque Shang avait été vu au yamen vers midi. Or, à cette heure-là, chacun d'eux avait un alibi indiscutable, Ti était bien placé pour le savoir : Dao-Li contristait les jardiniers au vu de tout le monde, Mei et Kien s'apostrophaient par-dessus leur échiquier et Lo dormait en faisant plus de bruit qu'il n'était imaginable. Au reste, entre le moment où Ti avait vu Shang dans la bibliothèque et celui où on les avait prévenus du décès, il ne s'était guère écoulé que le temps pour le défunt d'aller se faire tuer en toute hâte dans la maison de bains ! Cela était d'ailleurs bien curieux.

Ses collègues se faisaient en silence des réflexions à peu près équivalentes.

– Au fait, Ti, demanda Mei sur un ton peu avenant. Où étiez-vous passé, ce matin ? On ne vous a pas beaucoup vu. Et après le déjeuner non plus.

Ti réalisa avec horreur qu'il se trouvait en position de principal suspect. On ne se gênait pas pour le lui faire sentir. Les rôles étaient soudain inversés. Il ressentait l'impression d'animal pris au piège éprouvée par ceux qu'il interrogeait d'ordinaire.

– Qu'insinuez-vous ? lança-t-il à Mei d'une voix glaciale.

– Rien du tout ! s'empressa de répondre Lo. Tout soupçon serait tout à fait prématuré, chers collègues. Je vous supplie de conserver votre sang-froid.

« Prématuré ? releva mentalement le juge Ti. De mieux en mieux ! On me fait la grâce d'un sursis, à présent ! » Mei lui jeta un regard lourd. Il avait dû apprendre lui aussi qui était le second dans l'ordre de préférence du préfet, juste après ce pauvre Shang. Une fois de plus, Ti maudit la causticité de ce haut fonctionnaire qui avait trouvé amusant de donner sa préférence au seul qui ne convoitait pas la place, dans l'unique but de faire la nique aux postulants. Il avait désormais un mobile, et il fallait bien avouer qu'il était dépourvu de véritable alibi. Sa course matinale de boutique en boutique, puis sa sieste de l'après-midi, lui avaient laissé tout loisir de préparer et d'exécuter ce meurtre. Il ne lui en aurait pas fallu davantage pour envoyer un suspect au pilori.

– Par bonheur, dit-il, je peux toujours compter sur la bienveillance de mes confrères... n'est-ce pas ?

– Bien entendu, répondirent-ils en chœur avec l'air de penser : « Repose-toi là-dessus et prépare ta nuque pour le bourreau ! »

L'instruction à charge était virtuellement ouverte : cela arrangeait tout le monde, lui excepté. Ti se dit qu'il allait avoir affaire à forte partie. Le moment était venu de prouver aux yeux de tous cette supériorité intellectuelle qui faisait sa réputation et dont, au fond de lui, il n'avait jamais douté.

Les masseurs reçurent l'ordre de tirer Shang de son bain forcé. L'extraction du cadavre fut un spectacle pitoyable. Il laissait derrière lui un large et répugnant filet d'eau rougeâtre. Lo se détourna avec dégoût.

– Le Maître dit : « Vous ne comprenez pas encore la vie, comment comprendriez-vous la mort ? », déclama-t-il alors qu'on déposait le corps du lettré sur le dallage.

– Il dit aussi : « Un homme comme lui ne saurait mourir de mort naturelle », reprit Kien pour conclure la citation confucéenne.

Ces épitaphes littéraires étaient autant d'allusions ironiques aux prétentions assommantes du défunt : c'était là sans doute ce qu'il aurait dit lui-même si l'un d'entre eux s'était trouvé à sa place à ce moment. Ils restèrent silencieux quelques instants en un hommage muet à leur malheureux ami.

Il convenait néanmoins de commencer immédiatement l'enquête. Le meurtre d'un magistrat était à peu de chose près le crime le plus grave qu'ils puissent avoir à traiter, hormis ceux de lèse-majesté ou de trahison en temps de guerre. Ils s'en allèrent fureter dans tous les coins de la maison : Mei à la comptabilité, Lo dans les salons de dégustation, Kien du côté des vestiaires féminins, Dao-Li autour du livre d'or présenté aux personnalités de passage. Le directeur ne savait plus où donner de la tête, son établissement se trouvait envahi de juges.

Ils n'étaient donc plus que cinq. Ti se demanda si cela lui faisait encore quatre suspects ou s'il devait les rayer de ses tablettes et orienter son enquête dans un sens tout différent. Les derniers événements le poussaient vers cette seconde solution. Il reprit les investigations avec une ardeur ravivée par le risque de faire figure de meurtrier par défaut. Ce rôle de remplacement ne le tentait pas du tout. Or il s'était récemment trouvé en position d'admirer la merveilleuse propension de ses collègues à tricoter des théories assez absconses pour impliquer n'importe qui dans n'importe quoi. En attendant, les magistrats tombaient dans cette ville comme les feuilles en automne.

Que venait faire Shang Ouchang dans cette maison de bains ? se demandait le juge. Lui qui ne levait quasiment jamais le nez de ses grimoires ! Avait-il été pris d'une inspiration subite lui commandant d'aller se tremper dans l'eau de cette merveilleuse cité ? Un coup de folie, donc ?

Il convoqua autour du bassin le personnel de la maison. Masseurs, cuisiniers, lingères et serviteurs, tous penauds ou effarés, se rangèrent le long de l'eau, dont le perpétuel renouvellement terminait d'effacer toute trace de sang. Personne n'avait rien entendu. Comment cela était-il possible ? À cette heure de la journée, il y avait encore peu de clients. L'alerte n'avait été donnée que lorsqu'un groupe de dames avait quitté les salons de massage pour aller se baigner dans l'eau vermillon.

Était-il possible que le tueur et sa victime soient entrés dans cette partie de la maison sans être vus de quiconque ? Ti se demanda si le meurtre avait bien été commis sur place. Il renvoya le personnel à ses occupations et résolut d'aller jeter un coup d'œil aux alentours. Au bout d'un long couloir, une porte donnait sur l'arrière. Cette partie de la colline, fort pentue, était en friche. En suivant les arrivées d'eau, en amont de la maison, on débouchait sur un chemin assez large, à flanc de coteau. Il le suivit à pied et croisa plusieurs curistes en promenade. Au détour d'un virage, il perçut un bruit d'eau de plus en plus assourdissant. Le sentier conduisait aux cascades que Tan leur avait montrées quelques jours plus tôt. L'eau chutait de très haut dans des bassins entourés de rambardes torsadées.

À force de scruter pensivement la surface du réservoir, Ti aperçut quelque chose non loin du bord. Il franchit la barrière par-dessous, retroussa l'une de ses manches et plongea la main dans l'eau. Après avoir farfouillé un moment dans la vase, il en retira un objet oblong. Il tenait dans sa paume un pinceau d'écrivain. Ce n'était pas le genre d'accessoire que l'on emportait généralement lors d'une excursion dans la nature. C'était en revanche exactement le modèle solide et de bonne qualité que l'administration recommandait à ses fonctionnaires. L'ayant retourné, il vit qu'une face portait un tampon aux armes d'un tribunal de la région. Il lui sembla que c'était précisément celui où officiait Shang. Le pinceau était-il tombé de sa manche alors qu'il se penchait sur la cascade ? Mais peut-être Shang avait-il fait davantage que s'y pencher... N'avait-il pu être agressé sur ces lieux mêmes ? On pouvait censément imaginer que son corps avait accompagné le mouvement du pinceau vers le réservoir. Qu'il ait été attaqué ici, et non à la maison de bains, expliquerait qu'on n'y ait entendu aucun bruit particulier. Restait un problème de taille : comment était-on parvenu à transporter le corps là-bas ? C'était assez loin et Shang devait peser son poids. L'avait-on hissé au travers d'un cheval ou d'un âne ? Mais on aurait fatalement rencontré des curistes ! Le chemin connaissait un va-et-vient presque ininterrompu de promeneurs, en tout cas à cette heure de la journée. Quinze témoins auraient croisé ce curieux équipage et n'auraient pas manqué de le signaler à la force publique.

Par ailleurs, s'il avait été tué ici, comment était-il possible que nul n'ait surpris le meurtre ? Il avisa un marchand de beignets qui lui confia qu'il s'installait là chaque jour à l'heure du déjeuner : avant ce moment, l'endroit était pratiquement désert. Le matin, il préférait vendre ses friandises sur les places de la ville.

Cette information plongea le juge Ti dans la perplexité. Shang était mort après le déjeuner. Comment avait-il pu être tué sous les yeux du marchand et de plusieurs curistes sans que quiconque s'aperçoive de quoi que ce soit ? Il y avait dans ces questions d'horaire une incongruité déconcertante. Pour commettre son forfait sans être vu, il aurait fallu que l'assassin ait pu planter devant la cascade des palissades, des paravents, qui lui auraient permis de commettre son acte sans témoins. L'idée était absurde. Le marchand assura d'ailleurs n'avoir rien remarqué de tel. Juste quelques promeneurs qui montaient à pied, en chaises à bras ou à dos d'âne. Rien d'inhabituel ou d'intrigant. C'était à n'y rien comprendre.

Ti suivit pensivement le chemin à l'envers. Il émergea de ses réflexions en arrivant devant la maison de bains. Une femme de charge lui apprit que ses collègues étaient presque tous partis. Le gendre du préfet venait de terminer l'interrogatoire du personnel féminin. Il ne restait plus que le « gros monsieur », toujours affalé dans le salon de dégustation. Ti y découvrit en effet ce bon vieux Lo, qu'il arracha aux charmes inépuisables des fioles d'alcool de riz :

– Il est temps de rentrer, vous ferez de la poésie plus tard.

Il renvoya les palanquins, afin que Lo pût se dégriser un peu grâce à l'air frais. Ils cheminèrent de conserve en direction du yamen tout en échangeant leurs opinions sur l'affaire en cours.

– J'en connais au moins un qui ne va guère mener d'enquête, dit le juge Ti.

– Qui donc ? demanda Lo.

– Le coupable, voyons ! Vous ne suivez pas du tout la conversation, dites-moi ?

Ti leva les yeux au ciel. Les collaborateurs intelligents étaient décidément difficiles à trouver.

– Voilà qui fait de chaque juge présent un suspect, conclut-il. Sauf moi, bien entendu. Je suis au-dessus de tout soupçon.

– Parce que vous savez que vous êtes innocent... supposa Lo.

– Non, parce que c'est évident. Je n'aurais pas agi de façon aussi sotte. Je ne me serais pas fait soupçonner !

Ils tombèrent d'accord sur le principe qu'il s'agissait d'un crime de spécialiste et non de néophyte. Tout cela avait été prémédité, pensé, accompli selon un plan prédéfini.

– Voilà qui est très embarrassant, dit Ti. Tant d'éminents confrères compromis dans un assassinat...

– Il suffit d'attendre de voir à qui le poste sera attribué, répondit Lo : nous tiendrons notre coupable.

– Vous aimez les solutions simples, je vois. Autant laisser à l'administration le soin de désigner le coupable à l'aide d'une sapèque, à pile ou face. Je n'aime pas le hasard, il n'est pas bon enquêteur. De plus, cela pose un problème. Imaginez que cela tombe sur moi ! Moi qui suis innocent comme l'agneau !

Lo le regarda d'un œil vague. « Certes, certes », murmura-t-il sur un ton évasif.

De retour au yamen, Ti écrivit un mot au contrôleur des décès, lui ordonnant de pratiquer l'autopsie du magistrat avec toute la précision possible. Puis il se rendit dans le bureau du secrétaire pour le prier de transmettre au plus vite son ordre au destinataire. Il en profita pour consulter les résumés des dossiers sur les juges envoyés par la capitale au feu Tan. C'étaient des *curriculum vitæ* complets. Il s'intéressa particulièrement aux catégories dans lesquelles ses collègues s'étaient qualifiés aux examens littéraires et à leur classement. Ce qu'il découvrit le laissa rêveur.

Le secrétaire, déjà au courant des derniers événements, avait lui aussi sa théorie. Selon lui, le feu Shang ayant été le mieux placé pour prendre la place du feu Tan, le mobile devait être l'envie. Il recommanda par conséquent à Ti de se méfier : il était le prochain sur la liste, cela faisait de lui une victime en puissance.

– Eh bien au moins, quand nous aurons tous été assassinés, le survivant se sera désigné lui-même au tribunal ! conclut le magistrat avant de se retirer.

Il se promit néanmoins de bloquer la porte de sa chambre, la nuit prochaine, avec une chaise bien lourde.

XIII

Les juges ouvrent une audience extraordinaire ; Lo donne une petite sauterie.

Il fallait informer le préfet du nouveau décès. Le courrier du yamen prenait une allure de chronique mortuaire. Les juges demandèrent poliment à Mei Haodi s'il désirait être libéré de cette corvée de faire-part qui commençait à se répéter à un rythme soutenu, mais il apparut que ce rôle était parfaitement dans les cordes du vieux magistrat. Jouer les oiseaux de mauvais augure ne le dérangeait nullement.

Puisque toute la ville était au courant de ce que l'un d'eux avait trouvé la mort dans l'eau sulfureuse, ils firent mettre en berne les étendards du tribunal et accrocher les banderoles proclamant le deuil officiel de l'administration. Un courrier fut aussi envoyé au district de Shang, ainsi qu'un autre à la capitale pour indiquer au ministère de la Justice le deuxième meurtre d'un de ses fonctionnaires. S'ils tardaient à élucider l'affaire, ils n'allaient pas manquer d'avoir sur le dos un enquêteur spécial dépêché par Chang-an, ce qui serait agaçant et du plus déplorable effet sur leur réputation. C'était cette fois l'amour-propre du juge Ti qui était en jeu. Jamais jusqu'à présent, ceux qui l'avaient nommé n'avaient dû suppléer à ses lacunes. Il semblait que cinq juges étaient moins efficaces qu'un seul, comme si leurs actions s'annulaient au lieu de se combiner.

Ils avaient fait transporter le cadavre au temple de l'Harmonie et de la Sérénité réunies, avec consigne de prononcer le nombre requis de prières pour le repos de son âme. Bien sûr, ce repos ne serait réellement envisageable que lorsque l'assassin aurait été arrêté, jugé, exécuté sous les murs de la ville. Jusque-là, les mânes de leur collègue erreraient dans les faubourgs de Pien-fou, probablement sous la forme d'un ectoplasme phosphorescent à la recherche d'une paix éternelle que seule la justice pouvait lui procurer. Kien Fang-te assurait que des phénomènes comme celui-là se constataient chaque jour. Il avait lui-même reçu personnellement en audience publique le témoignage de plusieurs spectres soucieux d'obtenir vengeance, sans compter celui d'un cochon de lait dans lequel la victime s'était réincarnée, et de plusieurs ustensiles de cuisine possédés par des esprits que le sentiment d'injustice empêchait de trouver le repos.

À ce discours, le juge Ti se détourna pour lever les yeux au ciel. Lo n'était donc pas le seul à avoir des visions ; du moins le poète avait-il l'excuse de l'éthylisme. Ti aurait volontiers versé deux pièces d'argent pour assister à l'interrogatoire de la pelle à tarte et du cochon. Ce genre de superstition devait faire grand plaisir aux administrés de Kien Fang-te, certainement amateurs de fantastique morbide. Il en conclut que la culture confucéenne n'était chez cet homme qu'un vernis superficiel : elle n'avait pas affecté son sens du merveilleux, que d'aucuns auraient nommé crédulité indéracinable.

En fin d'après-midi, les juges décidèrent d'utiliser le tribunal pour une séance extraordinaire. Il n'était plus possible de poursuivre les investigations comme si de rien n'était : une enquête officielle devait être ouverte au su de tous.

Ils siégèrent tous les cinq, revêtus de leurs robes vertes, derrière la table recouverte de la nappe rouge des audiences. Mei, en tant que doyen, présidait au milieu de leur rangée. Ti reconnut qu'il avait fière allure, avec sa barbe blanche, paré de l'aura de ses fonctions. Il présentait au public l'image même du fonctionnaire sérieux, sévère et scrupuleux. Ti était toujours frappé de constater combien les apparences pouvaient être trompeuses. Mei fit signe de frapper le gong annonçant l'ouverture des débats.

La foule se pressa à l'intérieur du bâtiment, attirée par la rumeur d'assassinat. Il n'y avait pas meilleure publicité pour un spectacle, gratuit qui plus est. Les sbires durent refouler du monde et il fut impossible de fermer les portes.

Mei annonça très officiellement le trépas du juge Shang Ouchang « durant sa visite à Pien-fou », sans donner de détails gênants quant aux circonstances de l'événement. La surprise fut causée par le deuxième décès qu'il avait à déclarer : celui de Tan Jinxuan, le magistrat titulaire. L'assistance poussa des cris de consternation. Un commerçant s'avança pour demander si la ville devait être déclarée en état d'épidémie. Les habitants soupçonnaient qu'on leur cachait une maladie contagieuse. Les juges échangèrent des regards perplexes : comment leur révéler que leur « père et mère du peuple » avait été retrouvé pendu, et son invité, le cœur percé d'un poignard ? Mei répondit de façon laconique que l'hypothèse d'une épidémie pouvait être écartée. Le maître baigneur chez qui l'on avait trouvé le corps suivait l'audience du fond de la salle. Voyant que le nom de son établissement n'était pas cité, il poussa un profond soupir de soulagement. Il imaginait déjà son négoce déserté par des curistes paniqués, répandant partout la nouvelle qu'on ne venait à Pien-fou, et particulièrement chez lui, que pour y pousser son dernier soupir dans des conditions obscures.

Le chef des sbires annonça que le contrôleur des décès était prêt à déposer ses conclusions. Mei décida de l'entendre sur-le-champ. Le juge Ti vit approcher le vieux médecin chez qui il était allé consulter le matin même. Le vieil homme était aussi consciencieux que Ti l'avait subodoré. Il avait effectué un examen poussé, dont il résultait que les poumons de Shang étaient pleins d'eau. Il n'y avait selon lui que deux explications plausibles : soit la victime respirait encore lorsqu'elle était tombée dans la piscine avec son couteau fiché dans la poitrine, soit elle avait été noyée *avant* d'être poignardée. Or le cœur était bien touché, il avait été proprement transpercé par un coup d'une rare violence, aussi net et sans bavure que le geste d'un boucher professionnel. Shang pouvait-il encore respirer avec cette arme au travers de ses oreillettes et ventricules ? C'était très peu probable, pour ainsi dire impossible.

Ti songea que ce détail tendait à confirmer l'hypothèse d'un assassinat commis dans le bassin des cascades : on avait noyé le juge, pour le déplacer ensuite jusqu'à la maison de bains. Pourquoi faire croire que le théâtre du crime avait été cette baignoire d'eau chaude ? Afin de retarder la découverte du corps ? De brouiller les pistes ? D'emberlificoter les magistrats ? Quoi qu'il en soit, ce meurtre était l'œuvre d'un esprit tortueux.

Le témoignage du contrôleur des décès eut au moins le mérite de dissiper les derniers doutes de la population quant à une éventuelle épidémie. Chacun savait à présent qu'un crime avait été perpétré chez le maître baigneur. Celui-ci avait jeté son bonnet au sol et s'arrachait à présent les cheveux. Qui accepterait désormais de venir se tremper dans des baignoires où avait séjourné un cadavre sanguinolent, hormis quelques mauvais sujets amateurs de macabre ?

Le médecin sortit de sa manche le couteau retiré de la poitrine du défunt, qu'il tendit aux juges en le tenant respectueusement des deux mains comme il était d'usage. La garde ouvragée de cette arme rappela quelque chose au juge Ti. Il demanda la permission de l'emporter, ce qui lui fut accordé sans problème, ses collègues regardant l'objet avec un profond dégoût à l'idée de l'usage sinistre qui en avait été fait.

Mei donna à nouveau l'ordre de faire sonner le gong : l'audience était close. Les juges se retirèrent, tandis que l'assistance commençait à évacuer la salle en échangeant ses impressions sur ces événements bien extraordinaires dans une ville où l'enlèvement d'une épouse infidèle suffisait à alimenter la chronique pendant six mois.

Dès sa sortie du tribunal, Ti parcourut les salons du yamen en examinant les armes de collection exposées de-ci de-là. Conformément à ses craintes, il constata qu'un poignard manquait sur un présentoir en bois laqué. Il sortit de sa manche celui trouvé dans la poitrine de Shang, qui correspondait parfaitement au support. Voilà que l'enquête le ramenait au yamen !

Shang avait été tué avec une lame qu'il avait eue sous le nez tous les jours depuis son arrivée.

Peu éclairée en cette période où la tristesse était de rigueur, la salle des banquets paraissait trop grande pour eux. Les cinq survivants se regardaient en chiens de faïence, chacun se demandant lequel lui serait le plus nuisible. Le majordome entra et échangea avec Lo un coup d'œil entendu. Il écarta le rideau. Trois serviteurs vinrent allumer des flambeaux supplémentaires. Les flammes s'élevèrent assez haut au-dessus des chandeliers en bronze.

– En quel honneur ces illuminations dispendieuses ? demanda Mei entre deux beignets de crevettes au gingembre.

Des musiciens allèrent se poster au fond de la pièce. À la grande surprise des convives, un groupe de danseuses aux tuniques moulantes fit soudain irruption ; elles entamèrent leurs évolutions gracieuses sous les yeux ahuris des magistrats, qui finirent par comprendre que Lo avait eu l'idée saugrenue d'engager ces belles personnes pour les distraire. Kien appréciait en connaisseur. Il était le seul.

– Vous n'êtes pas encore nommé que déjà vous dilapidez l'argent de cette résidence, Lo ! rugit Mei, qui se prenait de plus en plus pour leur censeur. En plein deuil, c'est d'un goût !

Kien arborait un sourire ravi :

– Allons, cher frère-né-avant-nous ! Lo a raison ! Il sait vivre, cet homme. C'est le plus sage d'entre nous. Il ne faut pas prendre ces événements trop à cœur. Nous avons grand besoin de distraction. Nous ne profitons pas assez des divertissements offerts par cette bonne ville.

– Deux assassinats, cela ne vous suffit pas, comme divertissement ? demanda Mei. Il vous en faut un troisième ?

Lorsque les danseuses eurent terminé, Lo proposa un petit concours de poésie pour que le délassement soit complet. Dao-Li jugea que la décence imposait quand même des limites à leur soif de loisirs :

– Nous nous soûlerons un autre jour, Lo, répondit-il en faisant signe aux musiciens de se retirer.

Kien rompit le silence lugubre qui succéda à la musique pour demander des nouvelles du petit bâtard dont il leur avait signalé l'existence la veille au soir.

– C'est donc cet enfant que je vous ai vu introduire au yamen ! s'exclama Lo en regardant le juge Ti.

Dao-Li s'étonna que cette histoire d'enfant adultérin se soit révélée exacte.

– S'il fallait vérifier tous les ragots, où irions-nous ! déclara-t-il sur le ton de quelqu'un qui ne s'abaissait jamais à enquêter en dehors d'une clientèle choisie.

Kien se déclara surpris qu'on se préoccupât du sort d'un gamin à la naissance honteuse comme il y en avait tant. Mei ricana.

– Certes, renchérit-il sur un ton acerbe à l'attention du gendre du préfet, si certains s'occupaient de tous les bâtards qu'ils sèment sur leur passage, leur maison en serait encombrée !

Le beau Kien fit mine de n'avoir rien entendu. Avec un soin un peu affecté, il saisit du bout de ses baguettes une boulette de riz gluant et la porta à sa bouche délicate, qu'aucune expression n'était venue déformer.

Ti éprouva le besoin de justifier son acte de commisération. Il expliqua qu'il lui avait été impossible d'abandonner à son triste sort un orphelin qui ne possédait en tout et pour tout sur cette terre que deux poupées de chiffon et un étui de soie. L'état de fonctionnaire lui imposait quelques devoirs moraux auxquels ils étaient certainement sensibles comme lui. En réalité, rien n'était moins sûr. Ti déclara qu'il avait cru bien faire en confiant au secrétaire du yamen la tâche de veiller à l'éducation du garçonnet. Le repas s'acheva dans un silence exprimant sans doute plus de perplexité que d'approbation.

XIV

Un enfant est victime d'un attentat ; le juge Ti court après un étui.

Quand ils sortirent de table, la nuit était tombée sur le palais. Une fois dans sa chambre, Ti s'aperçut qu'il avait oublié de récupérer ses rideaux dans le pavillon du crime. L'air lui apportait les parfums du jardin par la fenêtre ouverte. Il s'y accouda, heureux de profiter du calme et de la paix de la nature, qui offraient un agréable contre-pied aux agitations humaines.

Il rêvassait ainsi depuis un bon moment lorsqu'il vit soudain une ombre se faufiler entre les buissons. L'homme qui se déplaçait ainsi à pas feutrés n'avait rien d'un sbire ou d'un valet, encore moins d'un magistrat en pleine promenade digestive. Cette apparition, dans un lieu où s'étaient déjà commis un meurtre et un nombre indéterminé d'actions louches, semblait éminemment suspecte. Il résolut de descendre voir de plus près ce qui se passait en bas.

Il trouva le jardin tranquille et sans âme qui vive. De retour de son inspection, il traversait le vestibule lorsqu'il perçut un cri très bref, suivi de ce qui lui parut être un bruit de chute. Il se dirigea en toute hâte de ce côté. Cette partie du palais était un méandre de corridors. Déconcerté par l'obscurité, il tourna encore et encore sans rien trouver, et finit par perdre son chemin.

Son pied rencontra quelque chose de mou. Un corps gisait sur le dos. Il parvint à rallumer une lanterne qui traînait sur le sol et vit qu'il s'agissait d'un serviteur. Le juge Ti posa deux doigts sur la gorge du malheureux : la veine palpitait encore ; nulle trace de sang, il n'était qu'étourdi. Quelqu'un s'était introduit dans la maison et circulait en assommant sans sourciller les gêneurs qu'il croisait.

C'est alors qu'il entendit une voix de femme qui appelait au secours. Les cris venaient de l'aile des domestiques. Il se précipita de ce côté, mais parcourut encore plusieurs couloirs déserts avant d'arriver sur place. Se pouvait-il qu'il soit le seul à ne pas dormir d'un sommeil profond dans cette demeure labyrinthique ? En contournant un pilier, il faillit se heurter à la jeune servante en vêtements de nuit qui déboulait en sens inverse. Bien qu'essoufflée par la course et par l'émotion, elle parvint à lui expliquer en quelques mots ce qui l'avait effrayée. Réveillée par un bruit inhabituel, elle s'était levée et avait vu un homme masqué s'introduire dans une chambre, celle où dormait l'enfant que le juge venait de lui confier. Elle avait couru vers le poste de garde sans rencontrer personne. Sans doute les sbires patrouillaient-ils au fond du parc ou le long du mur d'enceinte. Le juge lui ordonna de lui indiquer l'endroit où elle avait aperçu l'intrus. Il regrettait de ne pas s'être muni d'une arme avant de quitter sa chambre. Il saisit au passage un chandelier pesant qui pourrait se révéler utile.

Tout en haut de l'escalier, un boyau étroit desservait

un grand nombre d'alcôves fermées par des rideaux de bambous. La servante lui en désigna une. Le juge Ti hésita soudain sur ce qu'il devait faire, retourner à l'entrée chercher du secours ou déloger lui-même le rôdeur. Il en était là de ses réflexions lorsqu'un grand gaillard vêtu de sombre écarta le rideau et tomba nez à nez avec eux. Ses cheveux et le bas de son visage étaient couverts d'un foulard noir. Ti eut le temps de se dire qu'il avait devant lui l'ombre entrevue dans le parc depuis sa fenêtre. L'homme portait, coincé sous un bras, le jeune fils de Tan, qu'il avait bâillonné. La servante fut la plus rapide à réagir. Voyant l'enfant, elle poussa un cri de louve à qui l'on arrache ses petits. Elle se jeta sur le fuyard et s'accrocha désespérément au pied du gamin en appelant à l'aide.

Déjà les rideaux de bambous s'écartaient devant des femmes ensommeillées et ébahies qui se demandaient ce qui se passait. Il n'y avait guère de secours à attendre de ce côté-là, les hommes couchant à un autre étage. Ti décida de s'interposer et leva les bras pour bloquer l'accès à l'escalier. Sans hésitation, l'homme lui envoya son pied dans l'estomac, et le juge se plia en deux en maudissant sa mauvaise inspiration. Le cambrioleur se rua sur le palier. Ti, incapable de se redresser, parvint tout juste à apercevoir la servante qui soulevait une lourde potiche. Elle se pencha par la rambarde et la jeta sur le bandit. Celui-ci la reçut sur le crâne et chancela. L'enfant tomba à terre. Ti se traîna tant bien que mal dans l'escalier, juste à temps pour voir l'agresseur s'échapper après avoir abandonné son fardeau, que la servante souleva aussitôt dans ses bras. Elle avait à peine ôté le bâillon que le gamin se mit à hurler entre ses larmes.

« Au moins, cette fois, les dormeurs vont devoir

s'apercevoir qu'il se passe quelque chose », songea le juge en hésitant entre continuer à masser son ventre douloureux ou se boucher les oreilles.

Trois sbires déboulèrent bientôt, arme au poing. Ti leur expliqua qu'il venait de mettre en fuite un voleur. Ce dernier n'avait sans doute pas encore quitté la résidence : il convenait de fouiller les parages.

Commença alors une course-poursuite à travers le palais. Guidés par les bruits de pas, les gardes entreprirent de visiter chaque pièce, chaque cour, sans résultat. Le juge Ti suivait tant bien que mal leurs allées et venues. Ils rencontraient de plus en plus souvent des habitants du yamen tirés de leur lit par le raffut, ce qui ne facilitait pas la chasse à l'homme. Lorsqu'ils arrivèrent à l'aile des invités, Ti courut à ses appartements chercher de quoi s'armer. Il vit Kien Fang-te entrouvrir sa porte en chemise de nuit pour demander ce que c'était que ce remue-ménage à réveiller les morts.

Une fois chez lui, le juge déverrouilla un coffre, dont il sortit son épée, Dragon de Pluie, une arme de famille solide et efficace, propre à mettre en déroute le plus audacieux des cambrioleurs. Il se sentit davantage en confiance et tout à fait capable de faire payer à l'intrus son coup de pied irrespectueux. Il bondit dans le couloir en brandissant le glaive, prêt à foncer sur l'agresseur s'il avait le bonheur de retrouver sa piste. Mei ouvrit sa porte à l'instant où il passait sabre au clair, faisant tournoyer sa lame au-dessus de sa tête. Le magistrat en bonnet de nuit poussa un cri de stupeur et porta sa main à sa poitrine :

– Ah ! Assassin ! Brute épaisse ! Je vois que tout ce qu'on dit de vous est vrai, Ti ! Vous vous croyez dans une salle d'armes ? J'ai failli avoir une attaque ! Allez vous entraîner ailleurs ! Dans les cabarets mal famés où vous avez vos habitudes ! Et cessez de faire autant de bruit ! Les honnêtes gens dorment, à cette heure-ci, savez-vous !

Le vieux juge claqua sa porte sur une dernière injure heureusement inaudible. Un appel attira l'attention de tout le monde : « Par ici ! criait-on. Je le tiens ! »

Ti et ses sbires se ruèrent dans la cour la plus proche. Lo, qui avait enfilé en hâte une robe d'intérieur matelassée, désignait un angle plongé dans la pénombre. Il avait aperçu une silhouette suspecte qui s'y était rencognée dans l'espoir de s'y fondre.

– Il est coincé ! rugit le capitaine des sbires. Prenez par l'autre côté, il ne peut pas nous échapper !

Tandis qu'ils s'avançaient, une lampe à la main, ils virent Dao-Li émerger de l'obscurité, l'air outré qu'on ait pu le prendre pour un vulgaire bandit. Il déclara qu'il était lui aussi à la recherche du voleur quand son collègue s'était mépris.

– Bravo, Lo, conclut-il. Vous avez égaré nos vaillants défenseurs ! Je vous félicite pour cette brillante opération !

– Par votre faute, parce que vous vous obstinez à faire bande à part ! rétorqua le poète, vexé.

– Nous devons coordonner nos efforts si nous voulons lui mettre la main au collet, dit le juge Ti, et non agir chacun dans notre coin tout en cédant à la panique !

Kien Fang-te apparut au bas de l'escalier. Il n'avait pas quitté son élégante chemise de nuit brodée d'un motif de chrysanthèmes.

– Enfin, s'indigna-t-il, comment un seul homme peut-il résister à toute une garnison ? Vous n'arrivez à rien, ma foi !

Ti répondit que c'était justement parce que leur ennemi était seul qu'il était le plus fort : il ne traînait pas derrière lui une bande de juges à moitié endormis, tout juste capables de vous mettre des bâtons dans les pattes.

Certes l'homme se faufilait comme une anguille. Tantôt on le repérait à un bout du bâtiment, tantôt à l'autre, et le groupe s'épuisait à courir en tous sens. Ti s'arrêta pour réfléchir un peu. Leur tactique était trop précipitée, cela nuisait à son succès. Il se demanda s'il n'y avait pas en réalité plusieurs cambrioleurs. Cela aurait expliqué leur confusion et ces bruits de course qu'on entendait de tous côtés.

Un serviteur vint prévenir que le secrétaire du tribunal avait été agressé à l'intérieur de ses appartements privés. Ti eut une illumination. Il courut au bureau du secrétaire. Ainsi qu'il le craignait, la porte était grande ouverte. La pièce avait été mise à sac. Cela confirmait la multiplicité des assaillants : tandis que Ti bataillait dans les communs, certains attaquaient le secrétaire, d'autres fouillaient son cabinet. Ils s'étaient réparti le travail. Les défenseurs, en revanche, fonçaient tête baissée sur de fausses pistes comme un troupeau de moutons.

Tandis qu'il traversait à nouveau le vestibule, le glaive à la main, à la recherche des autres, Ti tomba sur son homme de main. Miao Daï rentrait de la ville, un peu pompette et débraillé.

– Votre Excellence s'amuse, elle aussi ? demanda-t-il d'une voix pâteuse. Donnez-moi un instant pour aller chercher mon épée et nous pourrons échanger quelques passes d'armes !

Ti se dit que les cambrioleurs allaient devoir quitter la résidence ; probablement pas par l'entrée officielle, barricadée et gardée – si tant est qu'on ait pensé à conserver quelques gardiens au guichet. Ils allaient sans doute chercher à fuir comme ils étaient venus : par le parc. Il s'y rendit, suivi d'un lieutenant à la démarche approximative.

– Votre Excellence veut faire une course ? demanda ce dernier en faisant des efforts pour marcher droit.

Le juge avait vu juste. En suivant le mur du jardin, ils tombèrent sur un petit groupe d'hommes masqués qui s'apprêtaient à grimper à une échelle.

– Au nom du pouvoir qui m'est conféré par Sa Majesté Impériale, clama le magistrat de son ton le plus martial, je vous somme de vous rendre à mon autorité !

Puis il songea qu'il n'était pas en uniforme et que son admonestation devait résonner de façon étrange entre ces fourrés éclairés par la lune. La réaction des cambrioleurs alla d'ailleurs dans ce sens : ils tirèrent de courtes épées de fourreaux que le juge Ti n'avait pas remarqués. Il se rendit compte à ce moment que le nombre n'était pas en sa faveur, d'autant que Miao Daï, nonobstant son état d'ébriété avancé, n'était pas armé. Le lieutenant brisa une branche basse dont il se servit pour parer les coups qui ne tardèrent pas à pleuvoir sur eux. Une bataille s'engagea. Par bonheur, les rôdeurs avaient surtout hâte de s'enfuir. Les uns montaient à l'échelle tandis que les autres protégeaient leurs arrières. Malgré sa bonne volonté, Miao Daï n'était pas très efficace : l'alcool et la fatigue lui coupaient les bras. Ti manqua de s'en prendre encore plein la figure. Il parvint néanmoins à rendre son coup de pied au premier qu'il trouva à sa portée, ce qui suffit à restaurer un amour-propre encore plus meurtri que son estomac. Ces beaux efforts n'empêchèrent pas leurs adversaires de sauter le mur. Ti s'agrippa au dernier d'entre eux, mais finit par tomber sur les fesses avec entre les mains, unique trophée, un vieux soulier de toile grise.

– Votre Excellence sait s'amuser ! dit Miao Daï, très content de cette distraction inattendue. Permettez-moi de vous inviter à aller nous baigner au pied des cascades, à présent !

Ti songea que s'il lui passait immédiatement son épée à travers le corps, l'occasion était commode de faire endosser le meurtre aux assaillants. Ce premier élan passé, il se dit que cette ville devenait intéressante, tout compte fait. On pouvait y prendre un peu d'exercice nocturne, à la fraîche. Peut-être serait-il finalement judicieux de solliciter ce poste. Mis à part son côté bourgeois, Pien-fou n'était pas moins pourrie et corrompue qu'une autre cité.

Ils retrouvèrent les sbires à l'entrée du bâtiment, complètement désemparés. Ti leur annonça que leurs adversaires avaient réussi à s'enfuir à l'issue d'un combat acharné. L'heure de la réflexion avait sonné. Qu'étaient-ils venus chercher ? Pourquoi s'en prendre à un enfant sans défense ?

Ti retourna dans l'aile des domestiques. La servante avait couché le garçon sur sa propre natte. Le juge en profita pour jeter un œil sur sa chambre. Il constata à la lueur de sa lanterne que la petite pièce avait été fouillée, les jouets et vêtements flanqués par terre. Cela lui confirma que l'enlèvement n'était pas le véritable but du ravisseur : il ne s'y était résigné que parce qu'il n'avait pas trouvé ce qu'il cherchait. Le gamin était trop paniqué pour parler. Sans doute l'homme avait-il résolu de l'emmener pour l'interroger ailleurs plus à loisir. Cette partie de son plan avait été plus ou moins improvisée, c'est pour cela qu'elle avait échoué.

Ti chercha le lien entre la tentative de rapt et l'agression du secrétaire. Et si cette dernière n'était pas accidentelle ? Si les deux événements étaient liés ? Cela pouvait-il avoir un rapport avec cette naissance illégitime ? Une histoire d'héritage ? Il retourna dans la chambre de la servante. Comme il allait interroger la jeune femme, elle posa un doigt sur ses lèvres : le gamin venait de s'endormir, ces émotions l'avaient épuisé. Une fois dans le couloir, il lui demanda si le garçon avait dit quelque chose avant de sombrer dans le sommeil.

– Il m'a dit que le « méchant monsieur » avait sorti son sabre et lui avait ordonné de lui révéler où était « le document ». L'enfant n'a rien compris, et de toute façon il avait trop peur pour ouvrir la bouche. C'est alors que ce monstre ignoble l'a bâillonné pour l'emporter. Si Votre Excellence n'était pas arrivée à ce moment, je n'ose imaginer ce qu'il serait advenu de lui !

Ti se demanda de quel document il pouvait bien s'agir. Les enfants de cet âge n'en ont guère en leur possession, celui-ci ne savait pas même encore lire ni écrire. Une image se fit jour dans son esprit : on en voulait certainement au rouleau qu'il avait vu parmi les poupées et les modestes hardes du gamin. Il examina une nouvelle fois le contenu de la petite chambre : l'étui de soie avait bel et bien disparu.

Il se fit indiquer les appartements du secrétaire, autorisa la servante à aller se coucher et se dirigea de ce côté. Encore ébranlé par l'assaut dont il avait été victime, le secrétaire se remettait doucement, au milieu d'un essaim de dames attentives à lui prodiguer réconfort et premiers soins. On avait posé un linge humide sur son crâne, qui avait reçu un violent coup, probablement assené par le plat d'une épée. Ses coffres avaient été renversés, et ses rayonnages, répandus sur le sol, il ne comprenait rien à ce qui venait de se produire.

– Avez-vous confisqué à l'enfant un étui de soie, cet après-midi ? lui demanda le magistrat avec anxiété.

Le secrétaire répondit qu'il avait bien remarqué l'étui, que le gamin traînait partout avec lui comme un trésor sans prix, mais il n'avait pas songé à l'en séparer si tôt après son arrivée dans cette demeure. Le juge en conclut qu'ici aussi les assaillants avaient fait chou blanc. Où pouvait bien se cacher ce maudit rouleau ?

– Pouvez-vous marcher ? demanda-t-il. Je voudrais que vous me montriez ce que vous avez fait de cet enfant durant toute la journée.

Le secrétaire s'arracha à regret aux femmes qui l'entouraient. Il se leva avec la lenteur d'un grand blessé et mena le juge dans un coin du jardin où poussait de l'herbe rase.

– Je l'ai d'abord laissé jouer ici une heure ou deux en attendant d'avoir le temps de m'occuper de lui.

Le juge Ti se livra à une rapide inspection des lieux, dont rien d'intéressant ne sortit.

– Puis je l'ai emmené aux archives pour sa première leçon d'écriture, reprit le secrétaire.

Une fois dans cette salle, un détail lui revint en mémoire. L'enfant, intrigué de voir tant de papiers, avait sorti de son étui ceux qu'il transportait partout avec lui, pour les lui montrer. Son nouveau maître, tout à ses efforts de pédagogie, n'y avait pas prêté attention.

Le juge Ti poussa un cri de victoire : l'étui de soie traînait sous la table. Hélas, il était vide. Ti se désespéra et se fit d'amers reproches. « Quand je pense que j'ai eu cet objet pratiquement entre mes mains, et qu'il renfermait peut-être l'explication de tous ces drames ! »

– Si je peux me permettre d'exprimer une opinion, dit le secrétaire, je doute que ces bandits aient trouvé son contenu.

Il indiqua qu'il avait vu le garçon, qui peinait à se concentrer, jouer avec des feuilles de parchemin. Désordonné comme le sont les enfants de cet âge, il ne les avait certainement pas remises en place. Il avait pu les glisser n'importe où. Il désigna d'un geste le mur de papiers qui se dressait devant eux. Les rayonnages montaient jusqu'au plafond, impressionnants, massifs, impénétrables, véritable rempart entre eux et la résolution de leur affaire. Si le rouleau s'était égaré parmi ceux du tribunal, il était caché sur ces étagères aussi sûrement qu'une fourmi au sein de sa fourmilière.

Pour le trouver, Ti tâcha de se mettre dans la peau du garçonnet. Ce dernier avait dû être attiré par les étagères les plus basses, celles à sa portée, et par les boîtes les plus colorées. Il en ouvrit une dizaine à la recherche de documents anciens sans rapport avec l'inscription figurant sur le couvercle. Des feuillets qui avaient dû rester longtemps enroulés sur eux-mêmes reposaient sur le dessus d'une pile concernant une fastidieuse affaire de cadastre. Ti comprit que ses efforts venaient d'être récompensés.

Il saisit les pages comme s'il s'agissait d'un contrat avec le Ciel ou d'une lettre impériale signée de Sa Majesté en personne, les étala sur la table et les examina avec soin. Quand il en eut pris connaissance, il les remit en place dans la boîte cadastrale, qu'il rangea au milieu des autres en ayant soin d'en mémoriser le numéro : cela lui sembla la meilleure façon d'éviter toute nouvelle disparition.

Sa lecture le rendait songeur. Voilà qui voulait dire beaucoup et très peu à la fois. Il lui manquait une clé pour décrypter la signification de ces textes. Il sentait bien que ces pages avaient une immense valeur pour ceux qui les convoitaient ; pour un néophyte comme lui, elles étaient d'une parfaite banalité ; tout juste lui rappelaient-elles quelques souvenirs de sa jeunesse.

Il remercia le secrétaire pour sa précieuse collaboration et retourna à ses appartements, la tête pleine des derniers éléments étranges qu'il venait d'amasser.

XV

Les magistrats renforcent leur protection ; le juge Ti déjoue une filature.

Ti prenait son riz du matin lorsque Lo déboula dans sa chambre sans même frapper.

– Connaissez-vous la nouvelle ? s'écria le poète, comme si l'Empire avait subitement changé de dynastie durant la nuit.

Ti s'attendit à une révélation fracassante, façon coup de théâtre forain avec démons, fumées, éclairs et autres effets merveilleux.

– Mei est convaincu qu'un dément a juré de nous éliminer les uns après les autres, comme le montre l'attentat de cette nuit contre nos personnes !

– C'est totalement incohérent, répondit le juge Ti en pêchant d'ultimes pousses de soja du bout de ses baguettes.

– C'est très sensé, au contraire ! Nous ne devons pas nous laisser faire. Il a été décidé que nous renforcerions notre défense. Pour ma part, je rentrerais volontiers dans mon district, si seulement nous pouvions mettre la main sur ce préfet ! Sans son autorisation, nous sommes bloqués ici ! Pour notre malheur !

Le juge Ti passa des vêtements simples pour la journée, une robe brune discrète et un bonnet dépourvu d'apprêts, et suivit son confrère au rez-de-chaussée. Ils y furent accueillis par Dao-Li, Mei et Kien, fort occupés à édicter les nouvelles règles de leur survie : ne pas se déplacer seul en ville, ne jamais sortir la nuit, être armé en toute occasion, avoir autant de gardes du corps que possible, organiser des rondes à toute heure dans le bâtiment, interdire l'entrée aux fournisseurs et aux visiteurs en général. Ti vit là une recette idéale pour se rendre ridicules aux yeux des citadins : le peuple ne serait pas long à se rendre compte que les magistrats vivaient dans un camp retranché. Leur terreur ostentatoire paraîtrait bien plus risible que digne d'éloges.

Tout cela était le meilleur moyen de vivre dans la peur de leur ombre. Pour confirmer ce sentiment, une porte claqua violemment, les faisant tous sursauter, comme si on venait de crier « haut les mains ! ». Du reste, le propre des règlements inapplicables est de n'être pas appliqués. Ti constata très vite qu'en réalité chacun d'eux traitait à sa manière les lois qu'ils venaient d'établir. Dao-Li ne quittait le bâtiment que dans un palanquin cerné de tout son personnel, semblable à une princesse impériale en visite. Lo, en revanche, malgré ses fermes résolutions, ne pouvait s'empêcher de s'en aller seul visiter des tavernes où se présentait mille fois l'occasion de l'assassiner sans qu'il soit du tout besoin d'être un tueur habile.

Ti était dans la cour, en train de donner ses recommandations à Miao Daï, quand il vit les serviteurs de Dao-Li préparer la litière de leur maître. Le fils du comte de Pou avait de nouveau requis le plénum de ses porteurs : douze hommes ne lui semblaient pas de trop pour défendre sa précieuse personne en cas d'attaque entre l'officine de l'apothicaire et l'épicerie. Un détail retint son attention sans qu'il sache pourquoi. Son regard était irrépressiblement attiré par leurs chaussures. Des souliers de toile grise. Il sortit de sa manche celui arraché à l'un de leurs agresseurs, qui y était resté plié. Il s'approcha de l'équipage, fit semblant d'en admirer les dorures et se pencha sur le pied d'un des porteurs pour comparer. C'était, autant qu'il pouvait en juger, un article de même facture. Il était fort probable que le propriétaire du soulier, et donc son adversaire de la nuit passée, soit l'un de ces valets. Autant dire que l'ensemble de ces hommes robustes formait le groupe de ses complices. Quand on se déguise pour des opérations nocturnes, on ne songe guère à changer de chaussures. Ti avait assez pratiqué ce genre d'exercices acrobatiques pour le savoir. Il est plus facile de trouver un pantalon ou une tunique à sa taille que des souliers commodes.

Tandis que le magistrat se livrait à ces réflexions, Dao-Li s'introduisit dans son palanquin, qui traversa bientôt le porche de la résidence. Accompagné de Miao Daï, Ti se hâta à sa poursuite, sans trop savoir encore dans quel but. Les pensées se bousculaient dans son esprit. Quel intérêt aurait pu avoir son collègue à faire cambrioler par ses domestiques un palais où il résidait lui-même depuis plusieurs jours ?

Trois rues plus loin, ils se heurtèrent à une foule compacte qui leur barrait la route. Ti s'informa auprès d'un des badauds. On lui répondit que les moines de l'Harmonie et de la Sérénité réunies avaient pris l'heureuse initiative d'organiser une procession à travers la ville, afin de chasser les mauvais esprits qui avaient conduit à la mort violente de deux magistrats.

La procession consistait en une débauche de poupées

grandeur nature, de clochettes, de trompes en cuivre émettant un son de tremblement de terre, d'encens et de poudres colorées que les prêtres jetaient à la figure d'une assistance ravie. Si des entités démoniaques avaient osé traîner dans les parages, elles étaient en train de déguerpir, c'était certain. Le juge vit que les religieux avaient convaincu quelques habitants musclés de promener sur leurs épaules l'effigie rougeâtre de Jin-sué, la maîtresse des secrets. « Si la déesse s'en mêle, nous sommes sauvés ! », pensa-t-il. Miao Daï contemplait le cortège avec des yeux d'enfant, hypnotisé par les fumées et les couleurs. Son patron estima urgent de jeter de l'eau froide sur ses enthousiasmes un peu naïfs :

– Ces taoïstes prennent de plus en plus de place dans notre société, bougonna-t-il. Il serait temps que le pouvoir s'en inquiète.

– C'est trop tard, répondit une voix qui n'était pas celle de son lieutenant.

Dao-Li venait d'apparaître à ses côtés comme par magie. Le juge Ti avisa le vaste palanquin, bloqué lui aussi non loin de là.

– Cette religion bizarre fait désormais partie de l'Empire, que cela nous plaise ou non, reprit son collègue. D'ailleurs, en contribuant à apaiser la populace, elle remplit tout à fait son rôle. Peu importe quelle croyance étourdit le peuple : l'important est qu'il soit satisfait, quelle que soit l'erreur à laquelle il s'adonne. Tant que les couches supérieures de la société ne se fourvoieront pas dans ces pratiques, tout ira bien. La vérité et la sagesse ne sont pas faites pour tout le monde, elles sont peu adaptées aux besoins du commun.

– J'en conclus que vous avez une morale à deux faces, répondit le juge Ti : l'une pour l'élite, l'autre pour le bas peuple. N'est-ce pas un peu gênant, pour un juge ?

Le fils du comte de Pou se contenta d'arborer son habituel sourire énigmatique. Le juge Ti devina la réponse que l'aristocrate n'osait formuler : il n'avait que faire de la morale des juges, il en pratiquait une autre : celle de son clan, une morale de caste.

– Au fait, nous sommes suivis, dit Dao-Li pour changer de sujet. L'aviez-vous remarqué ? Je ne parle pas de votre lieutenant, qui prend un curieux plaisir à courir derrière mon palanquin dès que je quitte le yamen. Il a désormais de la concurrence dans ce domaine.

Ti chercha des yeux autour de lui une confirmation de ces propos. Il ne vit que des passants occupés comme eux à contempler le cortège qui s'éloignait. Quand il voulut répondre à Dao-Li, ce dernier avait disparu. Déjà son palanquin s'ébranlait pour descendre la rue à vive allure vers une destination inconnue.

Était-ce l'effet de la révélation de Dao-Li, Ti eut effectivement l'impression d'être suivi. Il repéra successivement à ses basques un oiseleur dont la cage était étrangement vide, puis un cireur de chaussures qui ne cirait rien. Un peu plus tard, ce fut un porteur d'éponges fort absorbé dans la contemplation d'une fontaine asséchée. Ti se demanda s'il devenait obsédé par son enquête au point de voir des espions partout. Quant à Miao Daï, il aurait bien aimé savoir pourquoi son patron les promenait ainsi à travers la ville en un trajet sans queue ni tête, et pourquoi il se retournait à tout bout de champ pour guetter les quidams qui allaient et venaient dans leur dos.

Pour en avoir le cœur net, Ti décida de se livrer à un petit test. Il envoya son lieutenant d'un côté et partit de l'autre aussi vite qu'il le put. Arrivé dans une ruelle, il se dissimula derrière un tas de paniers et attendit. Au bout de quelques instants, à travers les interstices, il vit surgir le porteur d'éponges, essoufflé et déconfit. L'homme chercha des yeux quelque chose, puis rebroussa chemin et s'en fut en courant. Ti quitta son abri d'osier sous les yeux étonnés de l'artisan accroupi qui tressait les paniers. La preuve était faite qu'il ne rêvait pas : il était bel et bien suivi, et non par l'un de ses agresseurs grossiers et brutaux de la nuit précédente. Cette filature mûrement réfléchie était l'œuvre de professionnels. Il ne voyait qu'un seul endroit où ce genre d'indiscrétion préméditée avait pu être mise sur pied.

Il se rendit tout droit à la préfecture. Au portier, qui s'inclina respectueusement à la mention de ses nom et titre, il demanda à voir le préfet au plus vite. On lui répondit que Son Excellence participait à sa conférence militaire sur la côte. Ti balaya ce mensonge d'un revers de manche et insista poliment :

– Je sais que Son Excellence est absente ; j'aimerais néanmoins être reçu par elle immédiatement.

Le portier appela son supérieur, le capitaine des sbires préfectoraux, qui lui renouvela le même discours. Ti demanda de quoi écrire et rédigea un bref billet au dos d'une de ses cartes de visite : « Le juge Ti Jen-tsie prie humblement Son Excellence de bien vouloir lui accorder sur-le-champ un entretien sur un sujet de la plus haute importance. » Il remit le papier au capitaine, qui promit de le présenter à son destinataire « dès qu'il le verrait ». Le juge remercia et fit mine de se retirer. Il s'éloigna du bâtiment avec une lenteur de vieille dame arthritique, au cas où l'on aurait souhaité renoncer à la thèse officielle et le rattraper. Contrairement à ses espérances, aucun bruit de pas ne se fit entendre, aucun serviteur ne courut après lui pour le ramener au palais. Se pouvait-il qu'il se soit trompé ?

Un peu plus loin, arrivant devant une jolie fontaine en pierre au décor de dauphins et de lotus, il s'arrêta pour réfléchir. L'eau tombait en crépitant dans un bassin creusé dans le granit. Un marchand de calebasses ambulant traversait la petite place cahin-caha. Le pauvre homme était chargé d'ustensiles à vendre, accrochés un peu partout sur son manteau et jusque sur le chapeau à larges bords qui lui couvrait la tête. Avisant un client potentiel, il changea de direction et marcha droit sur lui. Ti s'apprêta à l'informer qu'il n'avait nul besoin de récipient pour le moment.

– Le très noble Ti Jen-tsie est un grand obstiné, dit le colporteur parvenu à sa hauteur.

Le juge aperçut une bouche qui lui souriait sous le chapeau. Le marchand de calebasses portait une barbe très soignée pour un vendeur des rues ; une barbe qui lui en rappelait une autre, contemplée dans un environnement tout différent, un soir de banquet au yamen. Ti s'inclina très bas devant le colporteur.

Je remercie Votre Excellence d'avoir finalement accepté de m'accorder cette entrevue, répondit-il.

L'homme eut un petit rire.

– Nous voilà bien, répondit le marchand. Vous en simple inspecteur et moi en humble commerçant ! Nous offrons un spectacle qui plongerait bien des gens dans la perplexité s'ils étaient là pour le voir ! Mais si vos collègues et les miens étaient ici, sans doute ne verraient-ils qu'un curiste lambda à qui un colporteur essaye de placer ses calebasses, ne croyez-vous pas ? Enfin, si vous cessez de vous incliner devant moi comme si j'étais le Fils du Ciel, évidemment. Il faut un peu plus de simplicité entre nous, Ti ! Vous avez l'étoffe d'un bon préfet, et je suis bien placé pour le savoir.

Le juge Ti comprit ce que la rumeur publique voulait dire lorsqu'elle affirmait que le préfet de Pien-fou affectionnait les « méthodes particulières ». Il saisissait aussi la raison pour laquelle son supérieur appréciait sa façon d'enquêter : il pratiquait à peu près la même, quoique dans une plus grande discrétion.

– C'est très amusant, de se déguiser ! dit le colporteur. Vous avez parfaitement raison, Ti ! Quel dommage qu'on ne nous enseigne pas ça durant nos études ! C'est beaucoup plus utile que de connaître Confucius par cœur, n'est-ce pas ? Ce n'est pas ce brillant et ennuyeux lettré de Shang Ouchang qui s'adonnerait à ce genre d'exercice !

Ti répondit que Shang ne risquait plus de s'adonner à aucun exercice, puisqu'on l'avait retrouvé dans une maison de bains, un poignard fiché dans le cœur.

– Je sais cela, dit le préfet d'un air soudain plus grave. C'est d'ailleurs ce qui m'a décidé à abréger mon séjour à la commanderie. Je n'avais pas bien saisi la tournure que prenaient les événements. Quand Mei m'a écrit pour la seconde fois que Tan était mort, j'ai cru que ce dernier avait juste pris sur lui de modifier nos plans. Quand j'ai compris toute l'étendue du problème, il m'a paru judicieux de me livrer à une petite enquête discrète pour doubler celle, plus officielle, émanant du yamen – c'est-à-dire de vos collègues et de vous-même.

– Puis-je demander à Votre Excellence ce qui l'a poussée à nous faire filer, assez maladroitement d'ailleurs, par ses subordonnés ?

Le colporteur lissa sa barbe d'un air mystérieux.

– Les mêmes conclusions que vous, Ti, je suppose. J'avais besoin de m'informer du déroulement de vos investigations sans vous gêner...

En langage clair, cela voulait dire : « Vous êtes tous

suspects, aussi vous ai-je fait surveiller par mes hommes en prenant soin que vous n'en sachiez rien. »

– L'habileté de Votre Excellence n'a d'égale que sa discrétion, répondit le juge Ti en se retenant *in extremis* de s'incliner une nouvelle fois devant le colporteur.

Ils se ressemblaient assez pour se comprendre à demi-mot.

– J'aurais dû savoir que vous me perceriez à jour, répondit son supérieur. Vos méthodes originales échappent à toute prévision. Vous aviez deviné depuis longtemps que je vous faisais suivre, n'est-ce pas ?

Le juge préféra hocher la tête d'un air entendu plutôt que d'avouer qu'il avait été mis au courant à peine une demi-heure plus tôt par Dao-Li, pour une fois plus fin que lui. Des curistes approchaient de la fontaine, un gobelet à la main.

– Jouons cartes sur table, Ti, voulez-vous ? proposa le préfet tout en décrochant l'une de ses calebasses. Nous savons, vous et moi, que ces deux drames tournent autour du yamen. Je souhaite que vous résolviez l'énigme sans faire de vagues. Quoi que vous découvriez, vous en référerez à ma personne, dans le secret le plus strict, avant de prendre aucune décision. Il est absolument exclu que l'administration soit éclaboussée par le scandale. Me fais-je bien comprendre ?

– Parfaitement, répondit à mi-voix le juge Ti.

– Comme je suis soucieux de récompenser votre zèle à sa juste valeur, répondit le colporteur en lui mettant sous le nez l'un de ses ustensiles bon marché, je ne vais pas vous offrir mes calebasses, mais la possibilité de choisir vous-même le prix de votre réussite, quand vous m'aurez apporté la tête de l'assassin qui se permet d'exécuter mes juges. Cela vous convient-il ?

C'était le moment de poser ses conditions. Tout en

faisant semblant d'examiner la gourde naturelle, Ti exprima ses *desiderata*. Il souhaitait avant tout ne plus être suivi : c'était vain et humiliant. Le préfet accéda d'autant plus volontiers à cette requête que des inspecteurs qui se font repérer ne sont d'aucune utilité. Ti désirait en outre que son supérieur se prête à une petite réunion d'explication en présence de tout le monde, le soir même, après dîner, dans la grande salle du yamen.

– Ah, ah ? fit le préfet. Toucherions-nous au but ? Regardez cette jolie calebasse.

Le juge Ti exigea ensuite « respectueusement » l'assurance qu'il obtiendrait ce qu'il voudrait pour prix de son enquête, dans la mesure du possible, évidemment.

– Bien volontiers, dit le colporteur, certain que le juge Ti se contenterait de réclamer le poste de Pien-fou, qui lui était de toute façon destiné. À présent que nous sommes d'accord, donnez-moi deux ligatures de sapèques.

Le juge Ti sortit de sa manche la somme demandée. Le préfet s'en saisit, lui mit dans la main une affreuse petite calebasse cabossée, s'inclina brièvement et s'éloigna comme un vendeur qui vient de conclure une bonne affaire. Il alla proposer sa marchandise aux curistes occupés à ingurgiter l'eau minérale de l'autre côté de la fontaine, en imitant à la perfection l'accent local du petit peuple. Le juge Ti contempla l'horrible objet qu'on avait réussi à lui vendre. Il se dit qu'il allait devoir réviser son jugement quant à sa hiérarchie : les préfets se révélaient beaucoup plus habiles qu'il ne l'aurait cru à placer leur camelote. Il était certain que la calebasse était trouée. Un rapide examen lui montra qu'il avait raison.

XVI

Le juge Ti interroge des porteurs ; il organise une grande explication générale.

Sur le chemin qui le ramenait au yamen, Ti se demanda ce qui l'avait poussé à réclamer cette réunion improvisée. Certes, une confrontation des divers protagonistes pouvait faire avancer l'enquête. Mais le préfet s'attendrait à des révélations définitives et il était bien loin de pouvoir les lui fournir. Il n'avait que des soupçons, pas l'ombre d'une preuve sérieuse, et son raisonnement était une suite de lacunes désespérantes. Il allait falloir jouer serré pour ne pas perdre la face.

Mei et Kien se querellaient à mots couverts dans la cour.

– Cet auguste vieillard est un menteur crapuleux, expliqua Kien devant la moue interrogative du juge Ti.

– Cet éminent magistrat n'a pas de moralité : il vole même ses collègues ! répliqua Mei.

– Le lamentable étudiant que je suis est à bonne école ! Votre exemple est mon modèle, cher frère-né-avant-moi.

– L'élève a de beaucoup dépassé le maître. Jamais

ma misérable personne ne se serait permis le tiers de votre rouerie !

En dépit de leur langage châtié, ils semblaient sur le point d'en venir aux mains. Ti finit par comprendre qu'ils se reprochaient de tricher dans leurs enquêtes respectives. Ils s'étaient dérobé des indices, ou ce qu'ils prenaient pour tels. Ti soupira. Il était temps que cette affaire s'achève : elle avait sur leur humeur des effets catastrophiques.

Il avisa les porteurs de Dao-Li, qui jouaient aux dés, accroupis à l'ombre de la muraille. Il suivit un moment la partie. L'enjeu consistait en quelques pièces de menue monnaie que les valets se disputaient âprement. Ti leur proposa de les doter d'un prix beaucoup plus motivant. Les porteurs le remercièrent de sa générosité et voulurent savoir ce que serait ce prix.

– Une mort rapide et sans torture, répondit placidement le magistrat. J'offre le garrot tout simple pour le gagnant, et le couteau effilé du bourreau pour tous les autres. Cela vous convient-il ?

Les porteurs le regardèrent avec stupéfaction. Certains baissèrent les yeux, la mine coupable, d'autres poussèrent des exclamations d'animaux paniqués, l'un d'eux tomba même à genoux, aussitôt bousculé par ses compères.

– Puis-je suggérer que le soleil a trop frappé la tête de Votre Excellence ? demanda le plus hardi du lot.

– Ce n'est pas le soleil qui m'a frappé, répondit le juge Ti en fronçant les sourcils, et ce n'est pas ma tête qui a reçu le coup. Mais sans doute l'un d'entre vous sait-il fort bien de quoi je veux parler ?

Un silence consterné accueillit cette fois ses allusions. Ti leur assena son absolue certitude d'avoir devant lui le groupe de cambrioleurs qui avait assailli la résidence la nuit passée. Leurs exactions allaient leur valoir un procès sans pitié, diligenté par ses soins. Son visage exprimait la sévérité sans appel du fonctionnaire impérial mécontent et tout-puissant.

– Rassurez-vous, dit-il, donner un coup de pied dans le ventre d'un juge est un crime de deuxième catégorie : il n'est passible que de la mort sans torture préalable. Qui postule pour l'échafaud ? J'offrirai peut-être ma clémence aux autres, s'ils me désignent immédiatement le coupable.

La panique s'empara d'eux.

– Je n'ai rien fait ! dit l'un.

– Ce n'est pas moi ! dit l'autre.

Ti eut la satisfaction de les voir s'accuser les uns les autres à la faveur des foulards qui leur masquaient le visage au moment des faits. Celui qui apparaissait comme leur meneur reprit la parole, sur un ton beaucoup moins assuré :

– Je suis sûr que le coupable de cet outrage, si le foulard ne lui avait obscurci la vue, se serait rendu compte qu'il avait affaire à un éminent magistrat ; il se serait alors abstenu de le frapper avec le pied.

– Pour la main aussi nous avons un tarif, au tribunal. Désirez-vous le connaître ?

Ils ne le désiraient pas. Puisque la situation était éclaircie, Ti put se livrer à l'interrogatoire qui lui tenait à cœur. Les porteurs n'avaient plus en tête de défendre leur maître : leur unique obsession était désormais de sauver leur vie. Ti apprit donc, sans devoir insister davantage, qu'ils avaient conduit leur employeur aux cascades le matin même du meurtre de Shang Ouchang et, de là, à la maison de bains où le corps avait été retrouvé. Dao-Li les avait alors envoyés déjeuner.

Ce point aurait été décisif si le meurtre avait pu être commis le matin. Mais il ne pouvait en être question, puisque Shang était encore vivant peu après le repas de midi : Ti l'avait vu de ses yeux dans la bibliothèque !

Il apparut en outre que Dao-Li avait prêté son magnifique équipage à la plupart de ses collègues, ce qui brouillait les pistes. Kien s'en était servi pour aller impressionner les dames de la bonne société et les autres ; un tel palanquin faisait son petit effet, même au seuil d'une maison close de première classe. Mei l'avait utilisé pour économiser les pourboires des porteurs de chaises du tribunal. Lo l'avait emprunté parce que cela lui permettait de se déplacer tout en restant allongé et de rêver au luxe que son mode de vie lui avait fait perdre. Une fois encore, Ti avait été le seul à pratiquer l'ascétisme de bon aloi d'un magistrat consciencieux.

Le plus gênant dans cette enquête était indubitablement cette multiplicité des juges, tous à peu près interchangeables, qui piétinaient les mêmes plates-bandes jusqu'à effacer les indices. Il avait l'impression de s'attaquer à un être unique, divisé en plusieurs corps. Il était de plus en plus convaincu que l'assassin se cachait parmi eux. Il était l'un de ces fonctionnaires en robe verte et bonnet noir, il se fondait dans le groupe, c'était un arbre au milieu du bosquet : là résidait toute la difficulté. L'enquêteur n'avait autour de lui que des reflets dans un jeu de miroirs, rien de tangible, aucune certitude à laquelle se raccrocher. Cette enquête n'était qu'un magma mouvant dans lequel s'enlisait toute tentative de réflexion saine.

Ti laissa les porteurs à leur désarroi, qui risquait fort de constituer leur unique punition, et passa au jardin. Il comptait sur la paix de cet endroit pour mettre de l'ordre dans ses idées. Sa tranquillité fut hélas bouleversée par les voix d'enfants jouant à l'ombre des cerisiers. Il aperçut son jeune protégé qui s'ébattait sous l'œil attentif de la jeune servante.

– Comment va notre petit Tan ? demanda le juge Ti. Il semble s'être bien remis de sa nuit mouvementée.

– Il va bien, mais le petit Tan, c'est celui-là, répondit la servante en désignant un deuxième enfant, occupé à arracher des fleurs un peu plus loin. Celui-ci, c'est le fils de la cuisinière, que j'ai fait venir pour jouer avec lui.

La similitude d'âge et de gabarit des deux gamins l'avait abusé. Rien ne ressemblait davantage à un bambin qu'un autre bambin, surtout s'ils portaient des vêtements comparables et possédaient à peu près la même carrure. Il se demanda comment les nourrices parvenaient à s'y reconnaître, de loin en tout cas ; lui s'y perdait.

À bien y réfléchir, il s'y était déjà perdu ! La solution de toute l'affaire fondit sur lui tel un éclair au milieu de l'orage. Comme cela était donc évident ! Tout cela tenait, d'un bout à l'autre, à la ressemblance, à l'illusion, au mensonge. Il savait à présent avec précision quel serait le sujet de la réunion qui s'avançait.

Les serviteurs allumèrent les flambeaux tandis que le jour déclinait à l'extérieur de la salle des banquets. Les ombres dansant sur les murs de cette grande pièce vide donnèrent bientôt à l'assemblée des juges un aspect crépusculaire. On aurait dit que des fantômes guettaient avec attention ce qui allait se passer. Ti songea que les esprits de Tan et de Shang, au moins, étaient fort intéressés par ce qu'il allait dire.

Le repas terminé, les magistrats firent mine de quitter

la table. Ti les pria de demeurer encore un peu : la pièce maîtresse du dîner n'allait pas tarder à arriver. Mei Haodi leva les yeux au ciel.

– Encore des danseuses lascives ? demanda-t-il. On n'a pas assez de la journée et de la nuit pour s'amuser, dans cette ville ! Les revenus de ce yamen doivent être extraordinaires pour qu'on se permette de les dilapider avec tant d'application.

Le juge Ti lui assura qu'il ne s'agissait de rien de tel. Le majordome, presque aussitôt, annonça l'arrivée de Son Excellence le préfet de Pien-fou. Les juges sursautèrent. Leur supérieur apparut dans l'encadrement de la porte. Il avait troqué ses oripeaux de colporteur pour une élégante robe rouge, brodée de fils d'argent, qui lui seyait presque autant.

– Je suis heureux de me joindre aux vivants pour parler des morts, dit-il en prenant place au centre de la table, sur une chaise que s'empressa de lui céder le juge Lo.

Son arrivée-surprise avait provoqué un émoi général. Tous se levèrent en hâte et firent assaut d'amabilités et de courbettes. Puis ils se disputèrent l'honneur de lui exposer les faits surprenants, advenus en son absence, ainsi que les conclusions de leurs enquêtes respectives. Ils s'aperçurent cependant que leur supérieur était déjà au courant de tout.

– Son Excellence a des yeux et des oreilles partout, dit Dao-Li, qui venait de comprendre qui les avait fait filer. Je crois que nous n'ayons jamais cessé de bénéficier de sa bienveillante surveillance.

– Pour assurer notre sécurité ? se méprit Kien Fang-te. Votre Excellence est trop bonne, beau-papa.

« Beau-papa » haussa imperceptiblement les épaules sous sa robe brodée.

– Je vous abandonne la direction des opérations, Ti. À vous la parole. Nous vous écoutons.

Le juge Ti avait prévu de dresser le bilan de la situation, assorti d'un rapide portrait de ses collègues.

– Nous étions voici quelques jours sept juges convoqués à une réunion pas si impromptue que cela, visant à déterminer qui d'entre nous obtiendrait le poste de Pien-fou. J'étais, de tous, celui qui connaissait le moins la réputation de ses confrères. Comme vous allez le voir, je me suis rattrapé depuis lors pour les besoins de l'enquête. Chacun de vous s'est fait un devoir de m'informer sur les autres. Un rapide examen de personnalité est nécessaire pour établir le profil du tueur. Je n'ai pas tardé à me convaincre que la clé de ces meurtres, perpétrés en quelque sorte « en famille », se cachait dans l'état d'esprit et le passé des invités du palais. Il y avait tout d'abord Kien Fang-te, notre sympathique benjamin, l'homme qui ne se fâche jamais avec personne et n'est vraiment un danger que pour les dames.

En lui-même, il pensait : « Béni-oui-oui, vil flatteur obséquieux, les expressions ne manquent pas pour décrire ce genre d'individu à double face. » Tous saisirent le message, hormis l'intéressé.

– Venait ensuite l'honorable Mei Haodi, un peu déçu de la vie peut-être, tourmenté par l'envie sûrement.

Le préfet reprit la parole :

– À ce propos, Mei, demanda-t-il, pourquoi cherchez-vous obstinément vos renseignements auprès des gamins des rues ? Sont-ils particulièrement bien informés ?

– Point du tout, répondit à sa place Kien Fang-te : simplement ils ne sont pas chers. Les enquêtes de l'honorable Mei fonctionnent à l'économie. C'est son principe vital. Chaque fois qu'il donne une sapèque, il sent son fluide s'écouler hors de son corps.

– Je ne suis pas sûr que ce soit une qualité chez un magistrat, renchérit Dao-Li avec son éternel sourire en coin.

– Oui, ajouta Lo, surtout si l'on songe qu'il est tenté d'accepter de petits cadeaux qui lui redonnent force et courage. Ce sont deux courants qui nuisent à l'exercice de sa fonction.

– C'est de la diffamation ! clama Mei. J'en réclame justice ! Rien n'a jamais été prouvé !

– Peu importe, dit le préfet. Poursuivez, Ti, je vous prie.

– Nous avions aussi Lo Kouan-chong, éminent lauréat du concours de littérature et de poésie. Le cher homme fait des vers comme il respire et ne s'intéresse qu'à cette activité. Ses détracteurs disent qu'ils ne savent s'il est plus mauvais magistrat que mauvais poète, et que la fonction publique est pour lui un moyen de subsister en l'absence de grand talent ou de grandes vertus.

Lo préféra s'intéresser à la carafe posée devant lui.

– À ceux-là s'ajoutait Shang Ouchang, le fort en thème, féru des classiques jusqu'à l'écœurement, doté d'une mémoire inépuisable, qui assommait tout le monde avec sa culture infaillible et sa prétention de premier de la classe. N'oublions pas Dao-Li Song, représentant d'une illustre souche, qui n'a de goût pour rien ; le sacrifié de sa famille, qui croupit en province au lieu de régner sur les terres ancestrales, à l'image de son frère aîné. Depuis qu'il a quitté son manoir, tout lui paraît amoindrissement. C'est la malédiction de ceux qui croient avoir été chassés du paradis. Il l'a été en effet, en admettant que le domaine familial ait été, pour ceux qui en jouissaient, un petit paradis.

Aucune expression ne déforma les traits de Dao-Li, sinon l'esquisse d'une moue méprisante. Ti reprit son discours.

– Nous avions le plaisir d'être reçus dans ce palais par Tan Jinxuan, « Mystère Avancé », très chanceux magistrat de la cité aux mille fontaines. Venait enfin ma modeste personne, Ti Jen-tsie, ancien lauréat de la section de mathématiques. Je sais fort bien que je faisais figure de perfectionniste pointilleux, désireux de briller par sa seule efficacité, une attitude jugée un peu vulgaire par l'ensemble de la profession. Ma manie de résoudre les énigmes, grandes ou petites, ne m'a valu que faux compliments, défiance et jalousies. Depuis quand les hauts fonctionnaires sont-ils faits pour travailler, me direz-vous ? Plus on se donne à la tâche, moins on s'occupe de littérature. Or nous avons tous été sélectionnés par des concours littéraires, et c'est justement là le centre du drame qui s'est joué ici.

Plusieurs d'entre eux poussèrent un « Ah ! » de curiosité.

– Au cours de notre séjour, reprit l'orateur, je m'aperçus que la plupart d'entre nous cachaient des secrets qui auraient pu constituer le mobile d'un meurtre. Je songeai par exemple à Mei Haodi.

– J'aimerais bien voir ça ! rugit ce dernier. Encore moi ! C'est une obsession, ma parole !

– Shang se fit un plaisir de m'apprendre que les Mei appartenaient en réalité à la caste des marchands, ce qui empêchait en principe leur rejeton d'avoir accès aux examens littéraires. Shang avait découvert cela en travaillant aux archives impériales ; nous verrons que ce point est loin de constituer un détail.

– Ridicule ! glapit Mei, au bord de l'apoplexie. Mes parents étaient des nobles qui offraient parfois des étoffes précieuses à leurs amis pour un prix dérisoire. Rien à voir avec du commerce ! Ils étaient en outre propriétaires d'un beau domaine foncier !

– Mais oui, admit Ti. Un domaine acquis après avoir fait fortune grâce à leur boutique, pour effacer la tache de leur statut social. C'est classique. Mais cela n'a en soi aucune importance, Mei, tranquillisez-vous. Je ne pense pas que quiconque ici en ait quelque chose à faire, hormis pour ce que cela nous apprend de la mentalité du défunt Shang et de ce que l'on peut tirer des archives. Dans un autre ordre d'idées, j'ai été frappé par le fait, pointé par notre ami Kien, que Dao-Li détournait la conversation à l'aide d'une plaisanterie chaque fois qu'on abordait des sujets trop précis quant au savoir livresque.

– Les gens comme lui n'ont guère besoin d'étudier pour être nommés, persifla Kien Fang-te.

– Un examen est un examen, cher frère, le contredit Ti. Vous êtes bien placé pour savoir, ainsi que nous, qu'on ne nous fait pas de cadeaux. Nul passe-droit ne permet de devenir lauréat sans avoir fait la preuve de son érudition.

– Vous vous éloignez du sujet ! dit Dao-Li. Revenez-en au fait : qui a tué Tan ? C'est la seule question qui nous préoccupe.

– Croyez-vous, cher frère ? dit Ti, qui était le seul à conserver son calme.

Ses collègues approuvèrent Dao-Li. Ce déballage était aussi désagréable pour chacun d'entre eux.

– Mais oui, renchérit Lo d'une voix plaintive. Dites-nous le fin mot de l'affaire. Vous semblez penser que le coupable est l'un de nous. Donnez-nous son nom, qu'on en finisse. Lequel est-ce ?

Le juge Ti tortilla quelques instants les mèches de sa longue barbe.

– Lequel ? répondit-il. Mais... aucun, en fait. Le coupable n'est pas parmi nous. En réalité, il ne l'est plus.

Il est décédé. Son corps repose dans les fumées d'encens du temple de l'Harmonie et de la Sérénité réunies, un nom peu approprié pour un mort si peu serein, trépassé dans des conditions dénuées de la moindre harmonie.

– Insinuez-vous qu'il s'agissait de... articula le préfet, qui avait l'air aussi surpris que ses subordonnés.

– Vous m'avez fort bien compris, dit le juge Ti. L'assassin de notre hôte Tan Jinxuan, en tout cas le cerveau de son exécution, et sans doute aussi son bras armé, se nommait Shang Ouchang.

Ti saisit sa tasse entre deux doigts et savoura lentement une gorgée de thé dans le silence consterné qui suivit ses propos.

XVII

Le juge Ti désigne un assassin ; de vieux papiers témoignent.

Lo fut le premier à recouvrer ses esprits.

– Pourquoi Shang a-t-il tué notre hôte ? demanda-t-il sans plus songer à remettre en cause la théorie de Ti, qui arrangeait tout le monde.

Ti reposa sa tasse de thé et reprit le fil de sa démonstration.

– J'ai établi que Shang avait assassiné Tan parce que celui-ci le faisait chanter, et depuis fort longtemps.

– Comment s'y est-il pris ?

– C'est Shang qui a fouillé le bureau de Tan, au lendemain de sa mort prétendue. Il y cherchait le document à l'aide duquel Tan se livrait à son chantage. Or la fenêtre de ce bureau donne sur le côté du parc où Tan était caché. Après avoir mis la pièce à sac sans résultat, Shang a observé comme moi le manège des serviteurs qui veillaient au confort de leur maître durant sa réclusion volontaire. « Mystère Avancé » voulait bien jouer les défunts pour faire plaisir à notre auguste préfet ici présent, que cette plaisanterie amusait beaucoup. Mais il désirait le faire dans les conditions les moins désagréables possibles. Il se faisait servir des petits plats et recevait la visite d'une affable servante avec qui il entretenait, en l'absence de ses épouses, une relation, disons... réconfortante. Nous savons qu'il a été étranglé à l'aide d'un rideau. Or, c'est à la fenêtre de Shang que ce rideau manquait. Le soir suivant le meurtre, Shang s'est plaint d'avoir été réveillé par la lumière du soleil. Par la suite, les rideaux ont connu une danse frénétique de chambre en chambre, ce qui a fortement brouillé les pistes. Je suis persuadé que le rideau originel venait de chez lui. Ce n'est qu'au cours de la journée, quand j'ai tenté de vérifier ce point, que cette ronde morbide d'accrochages et de décrochages a commencé.

Ses collègues prirent des airs absents. Ils se souvenaient fort bien s'être dérobé les rideaux les uns aux autres, dans leur crainte d'être accusés de s'en être servis pour pendre leur hôte. Ti laissa passer un bref silence avant de poursuivre.

– Mais revenons-en à notre meurtre. Ainsi donc, ayant repéré Tan au fond du parc, Shang a décidé de changer ce mort prétendu en mort véritable. Il a décroché le rideau de sa chambre et est allé trouver le faux défunt dans son pavillon. Ce dernier lui a volontiers ouvert la porte, croyant que Shang venait clore l'enquête et réclamer le prix de sa sagacité. Shang l'a alors assommé et pendu à une poutre de la charpente.

– Mais pourquoi ? demanda Kien. De quel chantage parlez-vous ?

– Il existait un vieux contentieux entre les deux hommes. Mais le point véritablement important, c'est que Shang n'était pas seul pour commettre son forfait : il était aidé d'un autre homme. L'un de nous. Ici présent.

– Nous aimerions bien savoir quel nom vous allez cette fois sortir de votre manche, dit Dao-Li, glacé.

– Quel nom ? répondit le juge Ti. Mais le vôtre, cher frère.

Cette fois, un profond émoi s'empara des magistrats.

– Enfin, Ti, vous déraisonnez ! protesta Kien. Notre frère Dao-Li n'avait aucune raison d'assassiner ce pauvre Tan !

Ti prit une gorgée de thé.

– Les racines de ce meurtre, il faut les chercher une dizaine d'années plus tôt, lorsque nous étions pour la plupart de jeunes candidats aux examens littéraires. Avez-vous remarqué combien nous nous ressemblons, avec nos uniformes verts, nos bonnets noirs et nos barbes qui font l'orgueil de notre rang ? J'ai pensé que cette similitude avait pu prêter à une confusion exploitée plusieurs fois par l'assassin.

– Cela n'a pas de sens, Ti ! clama le beau Kien, qui ne pensait ressembler à aucun d'eux.

– Oh que si ! Dao-Li Song est fils de hobereaux de province. Vous savez comme moi combien il importe à ces propriétaires terriens de compter en permanence en leur sein un fonctionnaire en exercice. Cela procure au clan tout entier des privilèges importants : dispense de corvées, exemption d'impôt foncier, autorisation d'acheter des serviteurs, ces sortes d'esclaves à bail déterminé, sans parler de l'honneur de la fonction, qui rejaillit sur la famille entière. Le niveau de vie et la reconnaissance sociale des Dao-Li auraient gravement pâti d'un échec de Song à l'examen. En tant que cadet, il n'était sur terre que pour obtenir son diplôme de magistrat, dont l'éclat était nécessaire à toute la parentèle ! En consultant les *curriculum vitæ* établis à la demande du préfet, j'ai été fort surpris d'apprendre qu'il avait été bien classé en littérature, précisément le domaine dans lequel il brille si peu. Dao-Li est un juge qui n'a jamais réellement passé son examen, voyez-vous.

Les magistrats eurent un recul d'effroi, tant par la gravité de cette accusation que par la hardiesse de celui qui osait la proférer. Leurs expressions allaient de l'indignation à l'incrédulité. Dao-Li éclata d'un petit rire forcé. Ti demeurait serein, imperturbable.

– Shang et lui venaient de la même région, reprit-il, ce qui explique dans une certaine mesure leurs morphologies comparables. Il est possible aussi que les comtes de Pou aient essaimé chez leurs vassaux au fil des générations. Je ne serais pas étonné d'apprendre que les deux hommes aient été cousins par la main gauche. D'extraction démunie, Shang était cependant doué d'une mémoire d'éléphant qui le prédisposait aux études classiques. Il en a acquis cette parfaite érudition dont il nous faisait profiter à tout propos. Or les livres et les professeurs coûtent cher. Dao-Li, moins doué, paresseux, imbu de son rang, n'éprouvant que mépris pour des études ouvertes au moindre fils de bourgeois enrichis – n'est-ce pas, Mei ? –, ne désirait pas gaspiller sa belle jeunesse à mémoriser les vieux textes. Les deux adolescents ont conclu un pacte qui représentait une chance inespérée pour chacun d'eux. Dao-Li a financé en secret les études de Shang, non par une philanthropie dont il est bien dépourvu, mais pour lui permettre de préparer le concours dans les meilleures conditions et le lui faire passer à sa place. Depuis lors, avec le temps, leur ressemblance physique s'est estompée, d'une part parce qu'ils n'avaient plus de raison de la cultiver, d'autre part à cause de la différence de leurs caractères et de leurs manières d'être. Par ailleurs, Shang est devenu myope. Il a usé ses yeux à la place d'un autre sur les grimoires. Et puis il n'a jamais réussi à faire pousser cette belle barbe qui est l'ornement de celui que j'hésite aujourd'hui à nommer notre confrère. Ainsi donc, au jour dit, l'étudiant pauvre a affronté le jugement de ses maîtres à la place du riche héritier. La barbe de Shang étant rare et mal plantée, sans doute s'est-il affublé d'un postiche pour l'occasion. Lequel de vous deux est-il allé inscrire le nom de Dao-Li Song sur le tableau d'honneur et assister au banquet des lauréats ?

Dao-Li haussa ostensiblement les épaules.

– Nous ne le saurons jamais, conclut Ti.

– Mais Shang a été nommé juge, lui aussi ! objecta Mei.

– Oui. Shang a repassé le concours pour lui-même et sous son nom un peu plus tard. Officiellement, son manque de moyens avait retardé sa présentation. Shang est sorti premier de l'examen spécial, organisé sans date fixe pour recruter des hommes de grand mérite, dont le sujet est donné par l'Empereur en personne. Cela lui a permis de se diplômer l'année suivant celle de la tricherie, et dans un cadre différent, pour ne pas risquer d'être reconnu par ceux qui avaient surveillé la session précédente. Il en est d'ailleurs sorti mieux classé que Dao-Li. Il avait fait moins d'efforts la première fois, pour ne pas attirer l'attention ; par ailleurs, il avait eu davantage de temps pour préparer sa propre entrée. Vous avez dû vous sentir un peu humilié d'avoir été moins bien classé que votre doublure, n'est-ce pas, mon cher ami ?

– Je n'ai rien à déclarer quant à ce roman populaire à deux sous, répliqua Dao-Li. Accordez-moi une heure et je vous démontrerai comment vous avez tué Tan pour des raisons tout aussi farfelues !

Ti balaya le propos d'un geste.

– N'avoir guère suivi d'études n'était pas un obstacle à la carrière de Dao-Li, puisqu'on n'enseigne aux étudiants aucune connaissance pratique. En remerciement, il s'était engagé envers Shang à toujours soutenir son avancement de tout l'entregent de sa famille, qui n'est pas mince. N'est-il pas le cousin d'un ministre et de plusieurs grands dignitaires de la Cour ? Or c'est là que le bât blesse, car à ce moment intervient le grain de sable nommé Tan Jinxuan, personnage malin, opportuniste, et chez qui l'ambition étouffait tout scrupule. Je n'ai pu trancher entre deux hypothèses. Soit Tan avait fait une partie de ses études avec le même maître que Shang, ils avaient été camarades de classe et partageaient une certaine intimité ; malheureusement pour nos compères, Tan fut reçu lui aussi aux examens préfectoraux et s'en fut passer l'épreuve finale à la capitale la même année que la doublure ; Shang échoua alors à lui dissimuler son imposture, malgré son postiche. Soit Tan, ayant été recalé à la première session, celle où Shang avait paru sous le nom de Dao-Li Song, s'était présenté à celle de l'année suivante, où il avait eu la surprise de retrouver Shang sous sa véritable identité. Quoi qu'il en soit, s'étant aperçu du manège, Tan vit tout de suite le parti qu'il pouvait en tirer et se tut. Il décida de se procurer une preuve tangible, irréfutable et permanente de la tricherie. Cette preuve vaudrait de l'or. Une fois couronné, il entra aux archives impériales de Chang-an, tout comme moi au début de ma carrière, mais pas du tout pour les mêmes raisons. Par la suite, il fut miraculeusement nommé à des places de plus en plus brillantes, ainsi que nous l'avons tous remarqué, sans avoir autrement prouvé son talent qu'en cultivant les puissants – aussi fut-ce à cette faculté que l'on attribua sa bonne fortune. La vérité était que Tan, qui n'avait pas une jolie mentalité, détenait depuis le début la preuve dont il avait besoin. Celle-ci eut pour effet de confisquer à Shang, par le chantage, les fruits de sa tricherie. Tan les faisait chanter l'un et l'autre pour obtenir les bonnes places dont il jouissait. Les recommandations dont Dao-Li aurait dû faire profiter Shang allaient à Tan. La révélation de la tricherie aurait terni à jamais l'honneur de notre élégant usurpateur, pour qui cette chute n'était pas envisageable. Le fils du comte de Pou paya donc ce silence, dix ans durant, de tout le pouvoir dont il disposait, pour éviter que la preuve de son entourloupe ne parvienne dans le bureau d'un censeur de la Cour.

La moitié de l'assistance était atterrée, l'autre restait dubitative. Ti jeta un coup d'œil à la ronde et reprit son discours.

– Plus le temps passait, plus Shang devenait amer : il estimait que ses extraordinaires qualités intellectuelles auraient dû lui valoir de meilleures places, ces places qu'il sollicitait, comme celle de Pien-fou, pour les voir finalement attribuer à Tan ! Et puis Tan devenait très gourmand, insatiable et menaçant. Lorsqu'on apprit que ce dernier quittait Pien-fou pour s'en aller occuper un poste en vue à la Cour, c'en fut trop pour ce pauvre Shang. Et voilà que Dao-Li et lui sont convoqués à Pien-fou pour assister au triomphe du parasite ! Comme Shang dut être heureux, le soir où l'on nous fit croire que Tan était tombé par la fenêtre ! Comme il dut être ravagé par la déception, le lendemain, en constatant que son ennemi était toujours en vie ! L'après-midi du meurtre, avant de foncer dans la cachette où se terrait Tan, Shang a donc informé son complice de cette catastrophe : la survie de leur ennemi. Leur calvaire allait recommencer. Ils tombèrent d'accord pour en finir : la désillusion de voir Tan ressusciter était trop forte, ils ne pouvaient s'y résigner, ils avaient été trop contents de s'en voir débarrassés. Les deux tricheurs avaient tout intérêt à s'allier pour assassiner le maître chanteur qui gâtait le bénéfice de leur forfanterie. La fausse mort de Tan et son isolement étaient une opportunité extraordinaire, un appel du destin qu'il leur fallait saisir au vol. Se voyant soudain réunis tous les trois dans un même lieu, ils décidèrent d'en finir : c'était cela ou continuer de subir Tan tout le reste de leur existence. Et puis sa mort libérait d'emblée une bonne place, que Shang n'aurait plus qu'à recueillir, ils se donnèrent rendez-vous dans le pavillon. Je suppose que notre lettré entra le premier pour ne pas éveiller les soupçons de sa proie, assomma Tan avec un quelconque objet, d'où la bosse que j'ai constatée à l'arrière de son crâne, et Dao-Li vint l'aider à le pendre à l'aide du rideau.

– Puis, suggéra Lo, poursuivi par le remords ou la peur d'être découvert, Shang s'est donné la mort dans la maison de bains ! C'est limpide !

Ti lui lança un regard surpris.

– Du remords ? dit-il. Point du tout. C'est Dao-Li qui s'est occupé de décharger son complice du poids de la culpabilité en lui procurant le repos éternel. Shang comptait bien prendre la place de Tan dans les faveurs familiales des comtes de Pou. Mais, au bout de dix ans d'un altruisme forcé, Dao-Li en avait assez. Lui aussi voulait profiter du soutien de ses alliances. Il ne lui restait plus que ce meurtre à commettre pour être enfin libre, totalement libre. La tentation fut la plus forte. Seulement, il lui fallait le tuer sans tarder : une fois rentrés dans leurs districts respectifs, ils n'auraient plus été réunis avant longtemps. Voyez-vous, Shang n'est pas mort poignardé dans une maison de bains, comme on a voulu nous le faire croire. Au petit matin, sous prétexte d'avoir une discussion loin de nos oreilles indiscrètes, Dao-Li l'a emmené aux cascades, à une heure où les visiteurs sont rares. Laissant libre cours à sa colère froide, il a noyé Shang au pied des chutes d'eau, dont le bruit assourdissant a étouffé les cris du moribond. J'ai retrouvé dans la vase un pinceau tombé de la manche de notre pauvre ami. Dao-Li a laissé le corps dans l'eau, caché par le bouillonnement. Il est rentré au yamen, s'est changé, et s'est de nouveau rendu aux cascades, cette fois en utilisant son palanquin de voyage, avec ses douze porteurs, alors que la moitié aurait suffi pour un si court trajet. C'est qu'il avait un surpoids à leur faire porter. Il a fait arrêter le palanquin près du bassin et s'est arrangé pour éloigner les porteurs le temps de dissimuler le cadavre trempé à l'abri des rideaux de taffetas. Puis il s'est fait conduire à la maison de bains, il convenait de transporter le cadavre dans un endroit où on ne le trouverait pas tout de suite. Or ces établissements sont en général déserts jusqu'à la mi-journée. Après avoir renvoyé les porteurs sous prétexte qu'il souhaitait se baigner, il a traîné le corps jusqu'au bassin supérieur par l'entrée de service donnant sur la montagne. Il l'a poignardé et l'a jeté dans l'eau chaude afin d'achever de nous embrouiller : cela devait nous faire croire que le meurtre avait eu lieu à cet endroit en début d'après-midi, alors qu'il avait eu lieu ailleurs dans la matinée. Afin d'accréditer ce faux horaire, il s'est hâté de revenir au yamen, et s'est installé dans la bibliothèque où Shang avait coutume de passer tout son temps, dissimulant sa barbe sous sa tunique. De loin, dans son vêtement vert, la tête penchée sur les livres, on pouvait aisément le prendre pour sa victime. Faire voir Shang au travail dans le cabinet des archives, en train de consulter de vieux documents, alors qu'il gisait déjà dans la maison de bains, était le meilleur des alibis. Dao-Li n'a peut-être pas passé son examen, mais il a parfaitement acquis les méthodes des assassins les plus habiles. C'était la deuxième fois qu'il utilisait leur ressemblance. Ainsi, pour nous tous, au moment du déjeuner, Shang était toujours vivant. Mieux encore, Dao-Li alla faire du scandale dans le jardin au milieu des jardiniers pour bien montrer qu'il était présent lui aussi à l'heure précise où Shang était censé se faire poignarder.

Dao-Li sortit enfin de sa réserve :

– Vous n'avez aucune preuve que j'aie commis aucun de ces meurtres odieux ! Vos accusations sont sans fondements ! On ne peut ainsi flétrir impunément la respectabilité des gens !

Il y avait dans cette réplique une menace implicite d'en appeler au jugement de leur hiérarchie, qui n'échappa nullement à l'enquêteur.

– Je suis sûr que Ti n'avancerait pas de telles accusations sans disposer des preuves nécessaires, susurra Mei Haodi. N'est-ce pas, Ti ?

Ti soupira.

– Eh non. Les meurtres, je ne peux pas les prouver, quoique votre culpabilité relève de la plus simple évidence, cher frère.

Dao-Li triomphait :

– Ah ! fit-il. Je demande à Son Excellence le préfet de

bien vouloir sanctionner l'outrecuidance avec laquelle Ti Jen-tsie s'est permis d'attaquer mon honneur !

– En revanche, il existe un autre méfait qui ne fait aucun doute, reprit Ti comme si de rien n'était.

Il sonna le gong de la table. Lorsque le majordome fut entré, il le pria d'aller lui chercher la boîte d'archives numéro 1008, sur l'étagère des litiges cadastraux. Puis il reprit son discours.

– La supercherie montée par le préfet pour se gausser de nous était fort belle, Tan s'y prêta de bon cœur. En revanche, notre hôte se vit ennuyé de recevoir chez lui deux personnes ayant un grand intérêt à récupérer les preuves compromettantes en sa possession.

– Quels étaient donc ces documents ? demanda Kien.

– Afin d'être en mesure de prouver à tout moment l'imposture aux examens, Tan s'était procuré des copies de Dao-Li et de Shang datant du temps de leurs études. Pour faire bon poids, il avait adjoint des lettres des deux hommes, écrites peu après leur entrée en fonctions. On pouvait les comparer à l'écriture de l'essai rédigé par le pseudo-Dao-Li lors de l'examen, conservé aux archives impériales, que l'emploi de Tan lui avait permis de subtiliser : c'était le seul but qu'il avait poursuivi en se faisant nommer dans cette administration poussiéreuse qui correspondait si peu à ses véritables ambitions. Il ne s'était pas trompé : nos tricheurs tenaient fortement à remettre la main sur ces feuillets. Dès l'annonce de la pseudo-mort de Tan, Shang fouilla son bureau, ainsi que notre hôte l'avait prévu. Aussi Shang se fatigua-t-il en vain. Vous ne me demandez pas comment je le sais ? dit-il en se tournant vers Dao-Li.

Cette fois, le fils du comte de Pou était blême.

– Vous n'en savez rien, répondit-il d'une voix blanche. Vous inventez. Ces documents n'existent pas.

– Ils existent, seulement vous ne les avez pas trouvés. Tan, prévoyant à défaut d'être honnête, avait eu l'idée de les cacher hors du yamen, dans les affaires d'un enfant dont nul ne connaissait l'existence : son fils adultérin, un jeune orphelin élevé par des moines. Peut-être aussi s'est-il dit que ces papiers pourraient un jour servir la carrière de son fils, si celui-ci se révélait assez doué pour entrer dans la magistrature. Peut-être n'avait-il pas pris de décision définitive sur ce qu'il comptait faire du garçonnet. Cela relèverait un peu l'opinion que cette affaire donne de notre défunt collègue ; lui avait-il confié une assurance sur l'avenir ? Nous ne le saurons jamais. Cette histoire de copies volées ne cessait de vous tourmenter, Dao-Li. Notre ami Kien, au cours de son enquête, a fini par nous apprendre l'existence de cet enfant caché, enfant que j'ai pris la malencontreuse initiative de conduire parmi nous. Ce gamin traînait partout avec lui un étui de soie tout à fait propre à contenir les rouleaux que vous recherchiez. C'est moi-même qui vous en ai averti par inadvertance. Voyant l'objet de votre convoitise à portée de main, vous avez ordonné à vos porteurs de se changer en brigands pour cambrioler le yamen, de nuit, avec mission de fouiller les affaires du bambin ainsi que le bureau et les appartements du secrétaire, dans une tentative désespérée pour retrouver vos précieux textes. Vous leur aviez même ordonné d'enlever le garçon au besoin. Ils se sont montrés assez peu discrets, aussi une course-poursuite s'est-elle engagée à travers le palais. Pour faire diversion, vous vous êtes mis à rôder dans l'ombre, sous le nez de ce pauvre Lo, qui nous a appelés à la rescousse, permettant ainsi à vos hommes de s'échapper par le jardin.

Le majordome revint avec la boîte d'archives demandée. Ti dénoua le ruban qui la fermait et déploya devant ses collègues les feuillets qui reposaient sur le dessus de la pile.

– Vous êtes tous témoins, dit-il. Voici un travail d'étudiant au nom de Dao-Li. Voici une lettre officielle à l'administration centrale signée du même. Et voici enfin l'original de son examen littéraire, portant son patronyme ainsi que le sceau de l'académie impériale. Je vous prie de comparer les écritures. La dernière n'a pas grand-chose à voir avec les deux premières. Les différences sont évidentes.

Il tira de sa manche un quatrième papier.

– Je me suis procuré tout à l'heure cette note prise par Shang dans le cabinet des archives. Vous noterez la similitude avec l'essai sur Confucius estampillé par l'académie. Cela va de soi.

Les magistrats, préfet compris, arboraient des mines outrées. On pouvait lire sur leur visage que cette tricherie leur paraissait beaucoup plus grave que les assassinats. Dao-Li venait d'être condamné sans qu'un mot soit sorti de leur bouche. Même en l'absence de preuve formelle des deux meurtres, il était fini. Ses confrères étaient à présent convaincus de sa culpabilité dans l'affaire la plus grave dont leur imagination fût capable.

XVIII

Le juge Ti cueille sa récompense ; la justice immanente frappe à nouveau.

Le silence céda avec la soudaineté d'un coup de tonnerre dans un ciel d'été.

– Assassin ! cria Mei. Imposteur !

Ti songea que, venant d'un fils de commerçants, l'insulte était un comble.

– Imbécile ! répliqua du tac au tac Dao-Li, à qui des meurtres semblaient moins graves qu'un défaut d'intelligence ou de caractère.

Le préfet conçut quelques soupçons quant à la façon dont le fils du comte de Pou, guidé par de tels principes, avait pu administrer son district. Il se promit de faire vérifier les jugements rendus sous sa juridiction, dès qu'il en aurait l'occasion. Dao-Li boudait, renfrogné, les bras croisés, comme un enfant incompris. Kien n'en croyait pas ses oreilles ; il tournait alternativement ses regards vers l'assassin et vers « beau-papa » en attendant un supplément d'explications qui ne venait pas.

– Chers frères ! Chers frères ! répéta Lo. Je vous en prie ! Gardez votre dignité ! C'est tout ce qu'il nous reste !

– Vous, l'ivrogne, taisez-vous ! lui lança le meurtrier, chez qui la politesse et les conventions sociales n'avaient plus de raison d'être.

– Être injurié par vous, siffla Kien, c'est encore un compliment.

– Je ne m'abaisserai pas à relever ce genre de grossièreté, rétorqua Dao-Li.

– Vous abaisser ? dit Kien. Mais, mon cher, pour descendre à votre niveau, il faudrait creuser dans la cave.

Seul le préfet conservait sa sérénité de mandarin. Ti se serait attendu à ce qu'il se montre horrifié. C'était après tout sa supercherie, ce concours stupide, qui avait provoqué cet enchaînement de catastrophes. Au moins aurait-il pu en ressentir du remords. L'affaire résolue, les meurtres ne semblaient pas lui importer plus que ça.

– Puisque vous avez démonté cette énigme de main de maître, dit-il comme si l'on venait de conclure un banal exposé sur le repiquage du riz, achevez votre travail de magistrat, Ti. Quel est votre verdict ?

– Je suis partisan pour ma part d'un grand procès, répondit le magistrat de Peng-lai en tortillant sa moustache.

– Oui, c'est cela ! dit Kien Fang-te. Et nous accrocherons devant le yamen une banderole avec l'inscription : « Vos magistrats sont des meurtriers ! Procès du juge assassin ! Venez nombreux ! »

– C'est totalement hors de question, renchérit Mei.

– Cela ne me semble pas judicieux, cher frère, dit Lo, embarrassé.

Ils refusaient tout net de voir l'un d'eux traîné en justice et exécuté sous les yeux de tous pour un crime infâme, et plus encore d'ébruiter le fait qu'il était possible de tricher aux examens littéraires : la crédibilité de leur corporation se serait écroulée d'un coup. En outre, Dao-Li pratiquait une richesse ostentatoire. On aurait tôt fait d'en déduire qu'il avait acquis des complicités à l'intérieur de l'administration. De là à penser que l'examen s'achetait, il n'y avait qu'un pas. Ils auraient tous été déshonorés. Le peuple n'aurait plus vu en eux que les tenants d'une noblesse élitiste et corrompue, arrivés au pouvoir par la force de l'argent et non par le mérite de leurs longues et fastidieuses études classiques.

La cause était entendue. On devinait à travers l'impassibilité du préfet qu'il n'était pas d'un avis différent. Pas de procès pour Dao-Li ; il avait passé les limites de ce que ses collègues pouvaient accepter de révéler au public. Ti songea que cette fois encore ses efforts allaient rester vains : à peine avait-il résolu ce cas avec brio qu'on s'empressait de l'enterrer.

– J'espère que nous pouvons compter sur vous, Dao-Li, dit le vieux Mei, soudain beaucoup plus calme.

– Plaît-il ? demanda ce dernier, feignant de ne pas comprendre.

– Je suis sûr que notre frère saura tirer de lui-même les conséquences de ses actes, dit le beau Kien. Une occasion inespérée se présente à vous de mourir en juge, à défaut de l'avoir mérité.

– Je ne saisis pas bien...

– Ce qu'essayent de vous dire vos confrères, expliqua le préfet, c'est que vous êtes prié de vous suicider pour éviter le déshonneur, non seulement à vous, à votre clan, à votre nom, mais à toute la corporation à laquelle vous avez fait semblant d'appartenir.

Dao-Li répugnait visiblement à céder à cet argument, ce que Ti admettait d'ailleurs fort bien.

– Excusez-moi, répondit le faux lauréat, mais je crois que vous ne vous faites pas un compte exact de votre situation. C'est vous qui avez un problème. Je ne vois pas pourquoi, après m'être sacrifié pour ma famille, ainsi que Ti Jen-tsie l'a finement souligné, je me dévouerais à présent pour des gens qui ne me sont rien.

Kien, Mei et Lo furent atterrés par cette réponse inattendue et scandaleuse. D'une certaine façon, l'assassin les tenait. Dao-Li continuerait d'exercer la magistrature en toute impunité, hormis peut-être un rapport négatif du préfet et une nomination dans un trou de province en guise de rétorsion, ce qui n'était pas cher payé pour un double meurtre de sang-froid.

– Vous êtes diaboliquement cynique ! s'écria le gendre du préfet.

– Vous n'êtes pas mal non plus, répondit Dao-Li avec un sourire de loup. Disons plutôt que je suis réaliste.

– Faites quelque chose, Ti ! glapit Mei. Obligez-le ! il doit entendre raison !

Ti rétorqua qu'il avait résolu l'affaire ; pour le reste, il n'avait pas d'autres ressources qu'eux.

Cette rébellion heurtait leur sens de la justice. Ils n'avaient cependant pas l'intention d'être heurtés longtemps. Le préfet déclara qu'il convenait de laisser le délinquant seul un moment pour lui donner le temps de réfléchir sur ses fautes : il espérait que son subordonné ferait retour sur lui-même et changerait de position. En vérité, l'expression méprisante de Dao-Li ne laissait guère d'espoir de ce côté.

Ils le prièrent de passer dans un boudoir attenant à la grande salle, avec la consigne tacite de bien vouloir mettre fin à ses jours sans trop tarder. Par ailleurs, il était temps pour le préfet de s'entretenir en privé avec le juge Ti, conformément aux engagements pris dans l'après-midi. Avant de sortir, leur supérieur se ravisa :

– Faites donc servir le thé à notre ami Dao-Li, dit-il aux magistrats. Ce n'est pas parce que nous avons un léger différend qu'il faut nous montrer désobligeants.

Sur le point de quitter la salle, Dao-Li s'inclina avec raideur pour remercier son supérieur de cette attention. Le préfet eut un dernier regard pour ses juges et franchit le seuil, Ti sur ses talons.

Le préfet s'assit dans un fauteuil du petit salon et désigna un siège à son subordonné. Ses traits se détendirent, et le juge Ti comprit qu'il avait été plus atteint par ces révélations qu'il n'avait bien voulu le laisser paraître.

– Vous vous doutez du motif de cet entretien, Ti, dit-il en choisissant une sucrerie dans une boîte posée sur un guéridon. Mais qu'est-ce qui a bien pu passer par la tête de cet homme ? Autant que je sache, c'était un bon juge. Le parangon de la dignité ! Un peu trop, peut-être !

Ti suggéra que Dao-Li avait tué pour se libérer du poids de sa tricherie aux examens : cela avait été une manière de catharsis. Il devait se sentir beaucoup plus libre, depuis la mort de Tan et de Shang, qu'il ne l'avait jamais été durant toute sa vie. Son existence avait été définie par les conventions sociales ; c'étaient elles qui l'avaient conduit à l'assassinat. Il avait fait de tout temps les mauvais choix, guidé par une fausse idée des convenances plutôt que par l'éthique.

– Nul n'est à l'abri d'une fâcheuse erreur, dit le préfet avec un soupir : j'ai bien donné ma fille à un crétin ! Moi aussi, je ne cesse de payer cette sottise, mais je suis coincé. Si je ne m'occupe pas un peu de la carrière de Kien, ma pauvre chérie va se retrouver dans une ville de garnison sur les frontières, elle qui a horreur de la campagne.

– Dois-je comprendre que c'est à votre gendre que vous destinez le poste de Pien-fou ? demanda le juge Ti.

Le préfet soupira de nouveau.

– Je crains que non. D'abord, parce que cet honneur vous revient de droit. Ensuite, parce que j'en ai assez d'avoir sous le nez ses frasques d'époux adultère. J'aimerais qu'un séjour au purgatoire l'assagisse un peu. En fait, c'est seulement par égard pour ma fille que je ne le fais pas muter dans un village de montagne aux marches de l'Empire. Les travers de Mei me sont parvenus eux aussi. Vos collègues se sont éliminés eux-mêmes. Jusqu'à Lo, qui n'est vraiment raisonnable en rien. Le poste est à vous, mon cher. C'est ce que vous alliez me demander, de toute façon, je suppose ?

– Permettez-moi de vous soumettre une autre idée, répondit le juge Ti.

Il craignait d'avoir épuisé pour longtemps les possibilités criminelles de Pien-fou. Il ne se voyait guère s'amollir dans une bourgade plus ennuyeuse encore que Peng-lai, où il n'aurait rien à faire de ses journées, sinon prendre des bains jusqu'à se dégoûter de l'eau. Il pria son supérieur de bien vouloir reconsidérer la candidature de son ami Lo Kouan-chong.

– Tant pis ! dit le préfet. Mon gendre ne deviendra pas magistrat de Pien-fou cette fois-ci. Je vais devoir lui trouver une autre affectation.

Il fut convenu qu'il recommanderait Lo, faute de combattants. L'installation du poète dans la ville aux mille fontaines aurait au moins le mérite de rehausser le niveau culturel de la cité. Il saurait utiliser la richesse locale pour encourager les arts sans cette fois se ruiner.

Le majordome entra dans le salon il avait sa mine décomposée des mauvais jours.

– Le seigneur Dao-Lia a eu un malaise, annonça-t-il.

– Allons bon ! dit le préfet. On n'est jamais tranquille ! Comment va-t-il ?

– Je crois qu'il est mort, murmura le majordome.

Ils se rendirent dans le boudoir où Mei, Lo et Kien les rejoignirent aussitôt. Dao-Li reposait sur le sol, sa chaise et sa tasse de thé renversées à côté de lui. Ses traits étaient déformés par la souffrance. Un filet de bave lui humectait les lèvres. Le préfet se pencha sur le cadavre :

– Inutile de faire venir le contrôleur des décès. La cause de la mort est indiscutable : le cœur a lâché. C'était plus d'émotions qu'il n'en pouvait supporter. Unc malformation de naissance, sans doute. Je me suis laissé dire que cela n'était pas rare chez ces nobles de vieille souche qui se marient entre cousins.

Il pria le majordome d'emporter le service à thé pour le laver et retourna dans la salle des banquets.

– Il a l'air d'avoir souffert, remarqua Kien en contemplant la face torturée du mort. Il aura expié ses crimes, finalement. Espérons que cette souffrance l'aura purifié des souillures dont il avait maculé son âme.

Une abominable évidence frappa le juge Ti : « Le thé ! pensa-t-il. Le thé du préfet ! »

– Me prenez-vous pour un niais ? s'exclama-t-il. Vous l'avez assassiné !

Lo tomba des nues. Ti l'excepta volontiers du complot. Mais les figures de Mei et de Kien parlaient d'elles-mêmes. Ils avaient « aidé » leur confrère à quitter ce monde dans la dignité. Mei, Kien et le préfet l'avaient empoisonné de concert pour éviter qu'il ne s'en tire. Ainsi l'honneur de chacun était sauf, même celui du mort.

– Qu'avez-vous fait ? couina Lo, abasourdi.

– Nous lui avons servi son thé, répondit Kien sans sourciller : le thé qu'il méritait.

– Ma potion pour dormir est vraiment très puissante, remarqua Mei. Le médecin m'avait bien prévenu qu'il ne fallait pas en prendre trop à la fois. J'aurai soin de ne plus dépasser la dose prescrite, dorénavant.

– Et le procès ? demanda Ti. C'était la seule façon licite de conclure cette affaire !

Kien haussa les épaules :

– Il l'a eu, son procès. Et devant cinq magistrats. Que pouvait-il demander de mieux ? Il a avoué ses crimes, a été reconnu coupable, et la condamnation a été exécutée. Tout est bien, je crois ? Inutile d'ennuyer la terre entière avec ça.

Dao-Li avait joué sa tête et il avait perdu. Ses deux confrères l'avaient assassiné sous l'œil bienveillant de leur supérieur. Après tout, leur tâche ne consistait-elle pas à veiller à la punition des méchants et au respect des lois ? Ti songea que, sous un autre angle, ils ne s'étaient pas mieux comportés que le meurtrier : ils avaient expédié dans l'autre monde un membre de leur corporation, comme ce dernier l'avait fait de Shang et de Tan, et ce pour sauvegarder ce qu'ils appelaient leur « honneur ». Son mobile à lui n'avait pas été différent ! Mais Ti avait bien conscience que son opinion personnelle ne changerait rien à la thèse officielle, selon laquelle Dao-Li venait de succomber prématurément à un malaise cardiaque.

Ils rejoignirent le préfet dans la grande salle, où ce dernier leur apprit son intention de recommander Lo, « qui bénéficiait d'appuis solides et influents », au remplacement de feu Tan Jinxuan. Éperdu de reconnaissance, le poète se prosterna, tandis que les perdants s'inclinaient, Ti compris ; jamais il n'avait été aussi soulagé de perdre un concours. Le préfet releva le vainqueur et le prit par le bras comme s'il avait été son favori depuis toujours :

– Alors, dit-il, parlez-moi un peu de vos projets. Il paraît que vous organisez des rencontres de poésie et de calligraphie absolument somptueuses ? Notre ville a bien besoin de redorer un peu son image, surtout en ce moment. Savez-vous que cela pourrait accroître encore notre renommée ? Nos administrés vont être ravis, ils vont vous adorer.

Il quitta la pièce, entraînant un Lo ébahi d'avoir été préféré aux autres. Mei et Kien leur jetèrent un regard haineux. Ti songea que son collègue ferait bien de s'abstenir d'aller prendre le thé avec eux dans les mois à venir ; certaines tentations pourraient être trop fortes.

Une fois dans sa chambre, il contempla longuement par sa fenêtre sans rideaux l'obscurité qui régnait sur Pien-fou, la nuit profonde et sinistre, cette nuit où le bien était si difficile à discerner du mal, la nuit des juges.

Ti dormit mal et se réveilla avec un sentiment de frustration, comme un homme qui a l'impression d'avoir été floué. Pourquoi ses enquêtes brillamment résolues ne lui apportaient-elles jamais ni honneurs ni récompenses ? Il chercha à se consoler en considérant que, tout bien réfléchi, le simple fait d'avoir survécu à ce séjour aurait dû le satisfaire. Trois d'entre eux n'avaient pas eu cette chance.

Ainsi que l'absence d'étoiles l'avait annoncé la veille au soir, le ciel était bas. Pour la première fois depuis leur arrivée, une épaisse couche de nuages gris recouvrait la ville. Lorsque Ti arriva dans la cour, suivi de Miao Daï et des serviteurs chargés de ses paquets, le palanquin de Dao-Li s'apprêtait à quitter le bâtiment. Son confrère retournait vers son district dans son superbe équipage devenu corbillard, dont rien ne laissait supposer qu'il transportait un repris de justice.

Le préfet parut en personne pour leur souhaiter un bon retour. Il en profita pour leur donner l'ultime consigne : rien de tout cela ne devait filtrer à l'extérieur. Officiellement, ils avaient assisté à une conférence sur la défense côtière, qui les avait tenus occupés de l'aube jusqu'au soir. Tan s'était pendu lui-même au terme d'une longue dépression. Une note confidentielle informerait la capitale du meurtre de Shang, commis par Dao-Li dans un mouvement de colère démente ; ce dernier avait ensuite mis fin à ses jours pour éviter le scandale. Leurs supérieurs approuveraient son geste et se contenteraient de cette explication qui satisfaisait tout le monde. Si jamais ils désiraient en savoir davantage, le préfet ferait le déplacement pour leur répondre de vive voix. La vérité sur cette affaire n'était pas de celles qu'il est possible de coucher sur le papier.

Peu soucieux de s'attaquer au travail en retard qui l'attendait à Peng-lai, Ti sollicita la permission de s'arrêter une semaine dans le district de Wei-ping, fameux pour ses sites historiques et la beauté de ses paysages. Cela lui fournirait un précieux dérivatif aux sentiments sordides qu'il avait dû affronter à Pien-fou.

Le préfet lui accorda volontiers cette petite faveur, faible récompense au regard des services rendus :

– Un jour, la Cour aura connaissance de votre valeur et fera de vous un ministre influent, Ti, soyez-en sûr.

Son subordonné le remercia de cette prédiction. En lui-même, il songeait que, si ses plus brillantes enquêtes finissaient toujours dans l'anonymat d'un étouffement administratif, sa renommée mettrait du temps à atteindre les hautes sphères. Mais peut-être était-ce un bien. Les honneurs avaient tendance à tuer leurs bénéficiaires ; ils étaient les véritables auteurs des trois meurtres perpétrés dans cette ville. Ti se réjouit de sa médiocrité, qui le préservait des grandes tentations comme des grands vices, et repartit le cœur léger vers sa petite bourgade côtière, qui lui paraissait soudain si pleine de ressources à sa mesure.

DU MÊME AUTEUR

Les Insulaires
Éditions de septembre, 1990

Les Fous de Guernesey
ou les amateurs de littérature
Robert Laffont, 1991

L'Ami du genre humain
Robert Laffont, 1993

L'Odyssée d'Abounarti
Robert Laffont, 1995
et « Pocket » n° 10074

Mademoiselle Chon du Barry
ou les surprises du destin
Robert Laffont, 1996

Les Princesses vagabondes
prix François Mauriac de l'Académie française
Lattès, 1998

La Jeune fille et le philosophe
Fayard, 2000

Un beau captif
Fayard, 2001

La Passion Belhomme
une prison de luxe sous la Terreur
Fayard, 2002

Douze tyrans minuscules
les policiers de Paris sous la Terreur
Fayard, 2003

Les Nouvelles enquêtes du juge Ti
Le Château du lac Tchou-an
Fayard, 2004
et « Points Policier », n° P1541

Les Nouvelles enquêtes du juge Ti
Le Palais des courtisanes
Fayard, 2004

Les Nouvelles enquêtes du juge Ti
Petits meurtres entre moines
Fayard, 2004

Les Nouvelles enquêtes du juge Ti
Madame Ti mène l'enquête
Fayard, 2005

Les Nouvelles enquêtes du juge Ti
Mort d'un cuisinier chinois
Fayard, 2005

Les Nouvelles enquêtes du juge Ti
L'art délicat du deuil
Fayard, 2006

Jeunesse

La Nuit de toutes les couleurs
(avec Emilie Chollat)
Milan, 1999

Une histoire à dormir debout
(avec Gwen Kéraval)
Milan, 1999

Petit lapin a disparu
(avec Isabelle Chatelard)
Milan, 2000

Je m'envole
(avec Olivier Latick)
Milan, 2000

L'Orphelin de la bastille
vol. 1
Milan, 2002

L'Orphelin de la bastille
vol. 2 Révolution
Milan, 2003

L'Orphelin de la bastille
vol. 3 La Grande peur
Milan, 2004

L'Orphelin de la bastille
vol. 4 Les Derniers jours de Versailles
Milan, 2005

La Princesse météo
(avec Frédéric Pillot)
Milan, 2005

RÉALISATION : Graphic Hainaut
IMPRESSION : BRODARD ET TAUPIN À LA FLÈCHE
DÉPÔT LÉGAL: SEPTEMBRE 2006. N° 88522 (37019)
IMPRIMÉ EN FRANCE